시발; 연(緣)

시발;연(緣)
인연의 시작

초판 1쇄 발행 2022년 11월 11일

지은이 niNAno
펴낸이 장길수
펴낸곳 지식과감성#
출판등록 제2012-000081호

교정 정은솔
디자인 김찬휘
편집 정한나
검수 서은영, 이현
마케팅 고은빛, 정연우

주소 서울시 금천구 벚꽃로298 대륭포스트타워6차 1212호
전화 070-4651-3730~4
팩스 070-4325-7006
이메일 ksbookup@naver.com
홈페이지 www.knsbookup.com

ISBN 979-11-392-0745-3(03810)
값 12,000원

- 이 책의 판권은 지은이에게 있습니다.
- 이 책 내용의 전부 또는 일부를 재사용하려면 반드시 지은이의 서면 동의를 받아야 합니다.
- 잘못된 책은 구입하신 곳에서 바꾸어 드립니다.

지식과감성#
홈페이지 바로가기

시발; 연(緣)

niNAno 지음

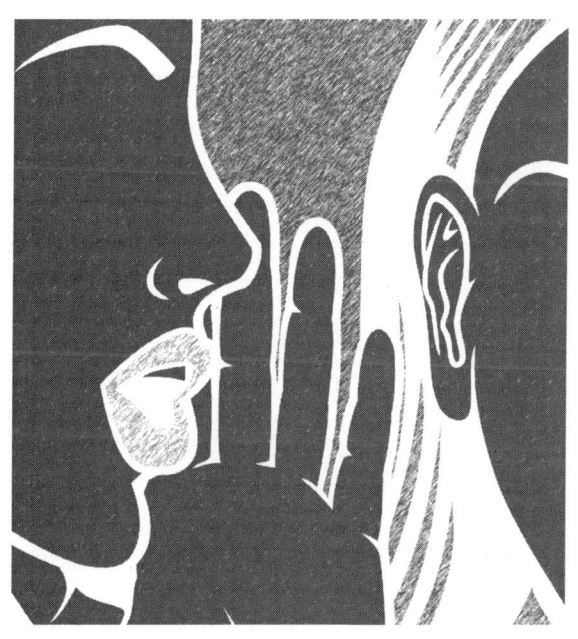

지질과감정

차례

1. 금숙(金淑): 쇠 그릇에 담긴 투명한 물   11
2. 석태(鑠泰): 큰 쇳덩이가 온 세상을 가리다.   25
3. △●□: 흑화된 동그라미   87
4. 세상 − 나 = 세상 + 나   121

엄마, 아빠 결혼 사진

한 치 앞도 가늠해 볼 수 없는 모진 인연의 시발점

보잘것없는 손은 펴고
귀한 그 손은 금줄을
꽉 붙잡고....

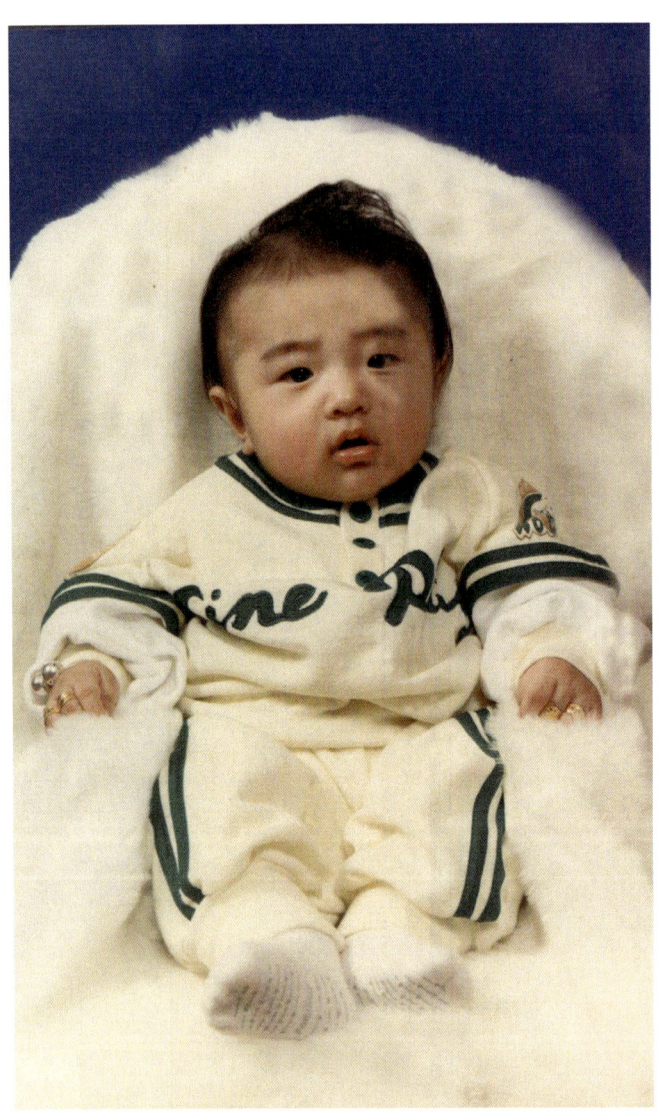

첫째 딸 세모는 예쁘게
색동저고리

둘째 딸 동그라미는
아들 기원 색동저고리

1.
금숙(金淑)
: 쇠 그릇에 담긴 투명한 물

 연애보다는 대부분 혼기가 차면 일명 마담 뚜를 통해 잘 알지도 못하는 남녀의 사진만 보고 한두 번 만나 주위의 부담스런 시선과 압박 때문에 등 떠밀려 결혼이라는 제2막을 시작했던 50년대생의 내 부모님들.

 반반하게 생기고 눈썹은 짙으며 종아리가 굵던 남자 석태.

 시골에서 큰 양장점을 한다며 결혼하면 굶어 죽진 않으리라 꼬드겼던 남자의 부모.

 평생을 할머니와 같이 살며 답답하리만치 착했던 여자 금숙.

 29살의 그녀는 주위에서 무슨 문제가 있어서 시집을 안 가는 거냐며 눈치가 보이기 시작한다.

 옛날의 29살과 지금의 29살은 달랐으리라…. 게다가 자식만 대여섯 명이 되던 더 옛날의 부모들은 자신의 자식들이 남의 눈에 흠 잡히는 게 싫어 어떻게든 시집 장가를 보내려 했었다.

금숙이 석태를 만나러 갔던 첫 번째 그날. 석태의 부모는 동네의 양장점을 빌려 여기가 우리 집 가게라며 금숙을 속이기 시작한다. 겉으로는 반반했던 둘만의 첫 만남. 서로가 쑥스러워 말이 없었고, 석태 부모의 꼬드김에 금숙은 넘어가기 시작한다. 금숙이 집에 도착했을 때 금숙의 할머니는 본인이 죽기 전에 네가 결혼하는 걸 보고 눈을 감길 원한다며 사지 멀쩡한 남자면 뭐든 하고는 살지 않겠냐며 그녀의 등을 떠민다.

첫 만남부터 단추가 잘못 꿰인 두 사람의 만남.

다섯 번이 채 되지 않은 만남 끝에 성사된 인륜지대사. 모든 여자라면 설렜을 첫날밤부터 믿을 수 없는 지옥의 문이 열리기 시작한다. 찬 이슬이 내려앉은 새벽에 아침밥을 차리기 위해 가마솥에 장작을 하나둘 때기 시작한 금숙에게 문 밖에서 석태는 "야 이 씨발년아"라며 대뜸 욕을 하기 시작한다. 이에 놀란 금숙은 "왜 그러세요, 들어가 계세요"라며 석태에게 말을 건넨다.

"미친년, 씨발년"이라며 문 밖에서 욕을 지껄이는 석태. 안방에서 아직 밥이 멀었냐며 보채는 시부모님. 정신없이 아침밥을 올리고 설거지하며 정신을 차리려 할 때쯤… 논

밭에 일을 하러 나가는 시부모와 방 안에 등짝을 깔고 누워 있는 석태. 30살이 넘은 자식이, 사지 멀쩡한 당신네들의 귀한 그 자식이 너무 당연하다는 듯 아랫목에 누워 일하러 나갈 생각을 하지 않는다.

 금숙이 봤던 그 양장점은?

 백만 원을 쥐어 주며 결혼 자금 하라고 했던 그 시부모들은?

 결혼하면 고생 하나도 안 할 거라던 시누이들은?

 철저하게 한 집안의 시녀가 된 금숙은 하루 종일 술 마시며 빈둥대는 석태의 뒤치다꺼리를 했다. 아들을 낳으라고 눈만 마주치면 구박하며 말하는 시부모들의 잔소리, 결혼식 이후로 잘 오지 않는 시누이들…. 알고 보니 동네에서 제일 개차반이었던 아들을 어떻게든 결혼시키려는 한 집안의 계략에 순진한 금숙이 빠져든 것이었다. 집에 친구들을 불러 진로 소주만 줄곧 마시며 술에 취해 집기를 부수고, 놀고, 자고, 고기 없는 술상은 마당에 뒤엎기를 수십 번….

 늘 그래 왔던 것처럼 저녁이 되면 아무렇지도 않게 논과 밭에서 일을 마치고 돌아오는 시부모들….

 금숙이 그동안 배우고 커 왔던 생각 그 모든 게 무너지는 그 시골집에 금숙 혼자만 바보가 되어 간다. 부모를 봉양하고 섬기며 효도하라는 그 간단한 배움이 그곳에선 통하지 않았다. 시부모에게 먼저 밥상을 올리면 욕을 하며 집기를 집어던지는 석태. 하루 종일 먹고 노는 것도 모자라 본인에게 생긴 노예를 가만둘 생각이 없었다. 본능에 맞게 본인이 하고 싶은 그대로 혹은 한 마리의 짐승처럼 금숙에게 달려들어 찢어발겼다.

남아 선호 사상이 강했던 그 옛날. 1960년대.

국민학교도 여자에겐 사치라며 무슨 공부를 하냐고 금숙이 좋아하던 그림도, 글도 배워 보지 못한 채 겨우 쫓기듯 졸업만 하게 되고, 바로 생계에 뛰어들기 시작한다. 그러나 녹록지 않은 사회였던 걸까? 염색 공장에 들어가 일을 해도, 가발 공장에 들어가 일을 해도 둘 다 똑같이 1년이 채 되지 않아 공장이 문을 닫기 시작한다. 무슨 일을 시작하던 금숙이 입사하면 얼마 되지 않아 폐업 또는 부도 처리가 되기 시작한다.

그래도 여자 팔자 뒤웅박 팔자라는데….

이 결혼의 선택은 해피 엔딩이겠지, 실패는 없겠지, 나도 잘 살 수 있겠지…라고 생각하며 선택했던 그런 결혼….

180도로 뒤바뀐 그 세상 속에서 1985년 첫째가 태어나기 시작한다.

눈에 넣어도 아프지 않은 내 자식, 첫째는 딸이었다. 실망

한 시부모, 여전히 대화의 거의 대부분은 욕으로 시작하는 석태. 딸을 낳았다는 죄로 퇴원하자마자 몸을 풀 여유도 없이 바로 차가운 물에 빨래며, 산더미 같은 설거지 산이 그녀를 기다리고 있었다. 그 해 1월은 참으로 뼈가 시리게 차가웠다. 쪼그려 앉아 오로가 나와도 집안일이 우선이라며 다그치던 시어머니, 아들만 낳아 보라며 못 해 줄 게 없다고 술 마시며 떵떵대는 시아버지, 아들도 못 낳는 미친년이라며 남의 편이 되어 버린 석태. 뒤틀려져 버린 석태의 세상에서 내 눈에만 예쁘고 귀한 내 첫딸 세모. 널 지키리라, 너만은 내 팔자를 닮지 마라 수없이 아이를 안고 되뇌었다. 세모가 백일쯤 됐을까? 도저히 이 집에서 버티기 힘들어 몰래 세모를 안고 금숙은 집을 나간 적이 있다. 집에서 제법 거리가 있는 이웃집에 찾아가 제발 살려 달라고, 잠시만 숨겨 달라고 부탁에 부탁을 하며 세모를 끌어안은 채 부들부들 떨었다. 잠깐 마실 나간다고 나간 금숙이 해가 산 뒤로 저만치 내려갔음에도 저녁밥의 시작이 되는 아궁이에 불씨조차 시작되지 않자, 석태는 미친 듯이 욕을 하고 부르짖으며 온 동네의 온 집을 헤집고 다녔다.

"씨발년아, 미친년아 네가 날 버리고 도망을 가? 그러고 살 수 있을 거 같아? 어디에 있어!! 어디에 있냐고!!"

이미 눈이 돌아 버린 석태를 말릴 수 있는 사람은 없었다. 이웃집 아줌마는 조금만 더 숨어 있다가 도망치라고 했지만 문득 여자 혼자 애를 안고 세상에서 무엇을 할 수 있을까…. 어디를 가야 할까, 뭐부터 시작해야 할까…. 내가 할 수 있을까…. 석태의 세상에 갇혀 살던 금숙은 그대로 바보가 되어 갔다. 온 동네를 뒤집고 눈도 뒤집어진 석태 앞에 금숙이 나타나 세모를 안은 채 주저앉으며 울기 시작한다. 도망갈 수 없었다. 내가 할 수 있는 건 없다. 여기서 도망치면 얼마 안 가 굶어 죽겠지. 내 자식새끼 세모를 죽일 순 없다. 아빠 없는 애로 만들기 싫다.

모든 걸 포기하며 금숙은 크게 울부짖었다. 부들부들 떨린 다리가 풀려 주저앉은 채….

그런 금숙을 보고 석태는 금숙의 머리채를 쥐어 잡은 채 질질 끌어 집에 들어간다.

동네 사람들은 서로 혀를 차며 걱정만 할 뿐…. 그저 입만 다물면 이 동네에선 아무 일도 일어나지 않은 일이 되어 버린다. 밤새도록 물건들은 제자리를 잃었고, 던져지며 바닥에 나뒹굴었다. 동네의 난리는 새벽이 넘어 한참 후에 멈췄지만 그날 금숙은 평생 도망칠 생각도 하지 못하게 처참히 부서졌다.

그래도 세모만큼은 다치지 않게 끌어안은 건 모성애겠지…. 본능이겠지….

세월은 빠르게 혹은 느리게 자기의 속도에 맞춰 흘러갔다. 2년 뒤 1987년 둘째가 태어났다.

태몽도 아들임을 짐작하게 했고, 부른 배의 크기 또한 첫째와 확연히 달랐다. 드디어 아들 없는 설움을 지울 수 있으리라. 드디어 아들 낳고 첫째 때 하지 못했던 몸조리, 많은 것도 바라지 않고 일주일은 더 쉴 수 있겠지, 따듯한 아랫목에서 허리 한 번 지질 수 있겠지, 드디어 한숨 돌릴 수 있겠다 싶었던 금숙. 3.8kg의 태아를 자연 분만으로 출산했고, 출혈량도 대단했던 그 출산에 금숙은 또 한번 기어다니고 요강에 핏덩이를 내리며 몸조리 따위 생각할 수 없었다.

모진년… 박복한 년….

분명 상체는 아들인데 하체를 보면 딸….

담요를 덮고 자는 아기를 두고 금숙은 수도 없이 울고 또 울었다.

분명 아들이었는데, 어째서… 어째서!!!

배가 첫째 때보다 다르게 더 불어 있었던 것은 입덧으로 인해 밥은 먹히지 않고, 그나마 수돗가에서 쉽게 헹궈 먹을 수 있는 국수가 유일하게 목구멍에 넘겨졌기 때문이다. 제일 싸고 저렴한 밀가루 국수. 그나마 국수로 배라도 채울 수 있었다. 입덧한다고 유난을 떤다는 구박은… 또 싫었다. 그 때문에 당연히 다르게 차오른 그 배에선 아들 같은 딸이 자라고 있었다. 애가 타는 금숙의 마음을 전혀 모른 채….

둘째 동그라미는 모유가 아니면 먹질 않아 금숙의 속을 많이 태웠다. 몸조리를 제대로 하지 않았으니 나올 모유의 양은 한정적이었고, 분유를 물리면 뱉어 냈다. 품에 안으려고 하면 어린 세모가 질투하듯 그 속을 파고 들어와 으엥 하고 우는 동그라미를 보며 같이 울기만 했다. 여전히 자기 새끼들은 남 보듯 하는 석태가 너무 미웠다. 집구석 시끄럽다고 욕지거리를 하며 눈을 부라리는 석태를 보며 울고 있는 신생아의 입을 손으로 막고 금숙은 자기 입도 막았다.

끅끅 울음을 그 둘은 삼킬 수밖에 없었다.

아무런 영양가가 없는 보리차를 그나마 물려 주면 꿀떡꿀떡 급하게 삼키는 둘째를 보며 속만 상할 뿐이었다. 그래도 살겠다고 금숙 눈을 보며 젖병을 빨아 대는 동그라미. 그렇게 한 통 먹여 놓으면 쌔근쌔근 낮잠 자는 동그라미…. 그 옆에 명절 때도 얼굴을 잘 비치지 않는 간만에 온 시누이가 금숙에게 제안을 한다.

"동그라미를 더 좋은 곳으로 입양을 보내자. 이 형편에 어떻게 얘를 키우냐, 더 좋은 곳에서 잘 살게 입양을 보내는 게 맞다. 제대로 먹이지도 못 하는데. 저 윗동네 자녀가 없는 집이 있다. 내가 알아볼 테니 한 번 고민해 봐라."

금숙은 수없이 흔들렸다. 하지만 내 품에서 내 첫젖을 물고 내 눈을 빤히 쳐다본 아이의 눈빛을 어찌 잊으랴…. 수많은 날을 고민하고 또 고민했다.

절대 못 한다. 못 보낸다…. 그 눈빛이 아른거려 어떻게 살라고….

이 아이도 내가 지키리라 다짐하며 그렇게 시누이의 제안을 거절했다.

이 결정이 맞았던 걸까?

자식들한테 관심이 조금도 없는 석태는 아무런 도움이 되질 않고 오히려 누나 말대로 하라는 식으로 부추기기 시작한다. 혼자만의 두려움 속에서 수없이 생각해 봐도 내 자식은 보낼 수가 없다.

축복받지 못한 세모, 동그라미….

계속되는 아들 찬양에 또 한 번의 생명이 찾아왔다.

유명한 점집을 찾아가 점괘를 봤다. 시어머니가 손 꼭 부여잡고 간 그곳에서 무당은 혀를 차며 말한다. 또 딸이라고 한다. 그놈의 딸딸딸딸딸!!!!!!!!!!!

  더 이상의 딸은 안 된다. 미쳐 버린 금숙의 생각 속에서 귀하게 찾아와 준 그 생명을 이젠 지킬 수 없을 거 같아 떠나보내기로 한다. 정확하지도 않은 그 점괘가 뭐라고…. 당시에는 초음파가 성행하지 않았을 때라 성별도 모른 채 낳아 봐야만 알 수 있었다. 읍내 의사도 아니었고, 삼신할머니도 아닌 그 무당이 하는 말만 듣고 그 생명은 빛을 보지 못한 채 그대로 꺼져 버렸다. 높은 산에서도 여러 번 굴러봤다. 더 이상 딸은 안 됐다. 금숙 혼자만 버텼어야 할 그 깊은 어둠 속 외로움, 괴로움 그리고 그 아픔…. 미친 듯이 소용돌이치는 그 어둠 속에서 아무 것도 모르는 세모와 동그라미의 얼굴만 떠올랐다. 성치 않은 그 몸으로 바로 병원에서 집으로 눈이 뜨이자마자 걸어가야 했다.

  아이를 낳든 지우든 석태에게 그저 금숙은 성욕을 풀 수 있는 대상 그 이상도 아니었다. 몸이 축났다. 회복할 시간도 없었다. 어린 아이들이 옆에 있건 없건 석태에겐 중요하지 않았다. 어느 장소에서건 그저 걸쳐 있는 옷을 벗겨 던졌다. 아이들이 있어 금숙이 피하기라도 하면 석태는 욕을 하며 성욕에 미친 한 마리의 짐승이 되어 본인이 만족할 때까지 금숙의 몸을 타 오르기 시작한다.

3년 뒤 1990년 셋째가 태어났다.

그렇게 기다리고 기다리던 아들이었다. 결혼한 지 5년만에 지겨운 아들 노래에서 벗어날 유일한 해방구인 내 아들. 태어나자마자 포경 수술까지 읍내 산부인과에서 한 번에 진행했고 그렇게 네모가 내 곁으로 왔다. 드디어… 드디어 아들이다!!!

행여나 고추가 떨어질까 말도 안 되는 생각을 하며 불안해 했다. 며칠을 애가 울어 대고, 포경 수술을 한 고추에서 기저귀를 갈 때마다 피가 나오면 진짜 떨어져 버리는 것은 아닌지, 몇 달을 전전긍긍 미친 사람처럼 고추 확인부터 했다. 아이 셋을 낳는 동안(혹은 넷, 다섯) 석태는 한 번도 출산 때 병원에 온 적이 없다. 금숙 혼자 맞이한 수많은 출산. 그 슬픔을 오롯이 금숙 혼자 견뎌 내야 했다. 아들만 낳으면 뭐든 해 주겠다던 시부모들은 이제야 비로소 인간 구실 했다는 듯 금숙에게 한약 한 첩 지어 주고 네모만 챙기기 시작했다. 아들이 태어나자 석태는 본인도 아들이 생겼다며 온 동네에 자랑을 하기 바빴다.

두 딸에게 없던 금반지가 아들인 네모의 열 손가락에 피어났다.

2.
석태(鉐汰)
: 큰 쇳덩이가 온 세상을 가리다.

 내 어릴 적 첫 번째 기억은 사계절 내내 김치만 담그고 있는 엄마의 모습.

 더 이상 전라도 구석 속 시골이 아닌 경기도로 이사 와 바로 옆집이 고모네였고, 우리는 그 옆에 다섯 식구가 누우면 딱 들어맞는 5평 남짓한 단칸방에서 둥지를 틀었다.

 부지런의 표본을 보는 것 같은 고모부는 우리 동네에서 땅이 제일 많은 부호가 되었고 게으른 우리 아빠는 그 논에서 벼를 심고 밭을 일구기 시작했다. 그래야만 했다. 그 5평 남짓한 작은 방도 꼬박꼬박 세를 받아 가는 고모 덕에 아빠와 엄마는 쉴 수가 없었다. 엄마는 아빠의 아침을 챙기고, 새참을 챙기고, 점심을 챙기고, 김칫거리를 다듬고, 저녁을 챙기고….

 하루라도 허리를 펼 수 없는 그런 날들의 연속이었다. 뽀글 머리에, 바닥에 신문지를 깔고 철푸덕 앉아 있거나 또는 쭈그려 앉아 있거나…. 커다란 대야 속엔 계절별로 김칫거리가 담겨져 있었고, 배추, 열무, 파, 무 등등 작은 칼을 오른손에 쥐고 왼손엔 뭐든 다듬는 것을 들고 있었다. 엄마는 매일 김치를 담그고 있었다. 그러다 가끔 고모는 수고했다며 김치 한 포기씩을 보상처럼 엄마에게 주었다. 그럴 땐 정육점에서 가장 저렴한 돼지고기를 한 봉지 사와 푹 삶아서 우리들 입에 하나씩 넣어 주며 얼른 먹으라고 다그쳤다. 아빠가 먹기 전에 우리들 입 속에 무엇인가 들어가면 난리가 났기 때문이다. 그 시절 엄마가 왜 사계절 내내 김치를 담그고 있었는지 그 당시엔 알지 못했었다.

그저 날이 더우면 고모네 거실 가서 자라며 우리의 등을 떠밀었고, 우리 집보다 10배는 넓고 큰 고모네 집에 우리를 밀어 넣었다. 좁은 방에서 다닥다닥 붙어 자면 아빠가 화를 내고, 그러면 다들 뜬눈으로 밤을 새워야 하기 때문이다. 복도는 시원했지만 사이사이 방이 많았던 고모네 집을 나는 많이 무서워했다. 낮엔 온 방에 불을 켜지 않아 그 어둑한 분위기가 날 잡아먹는 것 같았기 때문이다. 내 눈엔 호랑이같이 무서웠던 고모부. 눈썹이 짙고 두 눈이 부리부리해서 무표정임에도 인상을 쓰고 있는 거 같아 난 고모부가 있는 그 집이 무서웠다. 사실 하루 일과를 마치고 집

2. 석태(錫泰): 큰 쇳덩이가 온 세상을 가리다.

에 돌아와 쉬던 흔한 40대의 모습일 뿐이었는데, 난 뭐가 그렇게 무서웠을까? 나에겐 호랑이같이 무서웠던 고모부는 취미로 낚시를 가서 돌아오면 큰 바구니 잔뜩 잉어, 붕어 등등 물고기를 아주 많이 잡아 오셨다.

  붉고 큰 대야에 풀어놓은 그 물고기들은 입을 뻐끔~뻐끔대고 있었고 어릴 적 삼 남매에겐 또 하나의 장난감이었다. 그렇게 낚시에서 돌아온 고모부는 시크하게 잉어, 붕어 한 마리씩을 냄비에 담아 엄마에게 주었다. 뻔히 돈이 없고 어떻게든 아등바등 살아 보려고 했던 엄마가 많이 안쓰러워 보이셨을까? 돼지 한 마리를 잡을 때도, 닭 한 마리를 잡을 때도 애들 먹이라며 조금씩이라도 나눠 주시려고 한 마음이 따뜻했던 고모부!! 그런 마음도 모르고 그때마다 고모네에서 넘어오는 고기들을 히죽이죽 웃으면서 날름날름 입 벌려 먹고 크게 음식을 가리지 않았던 나는 동그라미다.

  난 삼 남매 중에 제일 크고 무겁게 태어났다. 3.8kg으로 엄마를 죽일 수도 있었던 아기….

  후에 들은 이야기지만 날 낳고 3년 후 네모를 낳았을 때 엄마는 한 번 힘만 주었을 뿐인데 쑴~풍 아기가 나와서 (2.6kg) 깜짝 놀랐다고 한다. 제일 크게 나온 동그라미. 태어나고 나서 모유 이외에는 보리차밖에 입에 대지 않았던 나는 항상 체중 미달을 기록하며 하루하루 시름시름 앓기 시작한다. 하루 종일 두통에 시달리고 알 수 없는 통증들이 날 둘러싸기 시작해 집에 있는 거의 모든 시간을 머리에 수건을 매고 옆에 구토 통을 둔 채 항상 누워 있었다. 어딜 가든 날 보는 어른들은 소말리아 어린이냐며 혀를 차기 시작했다. 생각해 보면 이때 항상 꿈을 꾸면 그렇게 귀신들이 보였다. 하얀 소복을 입고 눈과 입이 쫙 찢어진 채 내 주위를 돌아다니면서 언제나 날 노려보며 언제든 개구리처럼 앉아 달려들 준비를 하고 있던 귀신들. 항상 아파서 낑낑대던 날 보며 엄마는 '동그라미는 얼마 안 가 죽겠구나'라고 생각했다고 한다. 유치원에서도 학교에서도 집에 돌아오면 픽 쓰러져 누워 있는 것이 일상이었지만 목숨보다 중요한 출석 때문에 평일엔 어떻게든 학교에 가야만 했다. 주말에 몰아서 두통은 더 심해져 갔지만 돈이 없으니 병원을 갈 수도 없었다.

되레 아픈 날 보며 지겹다고 한소리 하는 아빠의 목소리만 내 머리 뒤에서 들릴 뿐이었다.

삼 남매 모두가 건강한 건 아니었다. 살기 위해 먹었고, 풍족하지 않은 음식 속에 영양 불균형은 심해져만 갔다. 세모는 예민하고 기관지가 약했다. 조금만 피곤하면 코피를

쏟기 일쑤였고 항상 자고 나면 휴지로 코를 막기 바빴다. 동그라미는 몸 전체가 약했으며, 네모는 까딱하면 눈이 뒤집어 까지고 온몸을 덜덜 떨며 경기를 했다.

  세 아이를 보며 엄마의 억장은 매번 매 순간 무너져 내렸다.

  아빠가 할 수 있는 것은 말도 안 되는 민간요법으로 증상에 긁어 부스럼을 만드는 일이었고, 엄마가 할 수 있는 것은 그런 애들이 울면 시끄럽다며 입을 막으며 안아 주는 일 밖에 없었다.

  작았던 그 집에서 우리 삼 남매는 웃을 수도, 울 수도, 어떤 감정 표현도 마음 속에서 꺼낼 수가 없었다. 조금만 웃는 소리가 커지면 시끄럽다고 아빠는 온갖 욕과 화를 내며 물건을 던졌고, 거기에 놀라 울면 우는 대로 재수 없다며 더 화를 냈다. 작은 그 단칸방에서 서로 눈만 마주쳐도 삼남매는 꺄르륵 웃음보에 시동을 걸었고 그런 모습을 보며 엄마는 차라리 밖에서 놀라며 시끄러워지기 전에 얼른 신발을 신겨 내보냈다.

  우리 식구가 제일 무서워했던 시간은 저녁 9시가 넘어서까지 오지 않는 아빠를 기다리는 시간이었다.

  저 골목 어귀서부터 동네가 떠나가라 소리를 고래고래 지르며 욕을 하고 우당탕탕 소리가 난다.

아빠다!

술에 얼큰하게 취해 몸을 가누지 못하는 덩치 큰 아빠를 기다리던 빼짝 마른 엄마는 쩌렁쩌렁 울리는 목소리를 듣고 신발을 신는 둥 마는 둥 후다닥 달려 나간다. 잡아도 쳐내고, 술 사 오라고 고래고래 소리를 지른다. 소주 두 병을 엄마가 사 오면 다시 술자리가 시작된다.

그럼 11시부터 벌벌 떨며 자는 척하는 우리를 죄다 깨워 본인 앞에 한 명씩 무릎을 꿇으라 하고 아빠는 욕과 눈물과 한숨이 섞인 술잔을 기울이며 일장 연설을 시작한다. 한참 자야 할 나이에 두려움에 떨었다. 그렇게 눈을 꼭 감고 자는 척하며 어서 이 시간이 눈 뜨면 사라지길 바랐다. 빌고 또 빌었다. 제발 이 시간이 가 버리길…. 아빠가 취해 얼른 자기를….

아빠가 세상의 하늘이고, 집안의 제일 큰 어른이고, 아빠의 승낙 없이는 뭐든 안 됐다. 아빠라는 벽이 그 어릴 땐 너무나도 크고 높고 무서웠다. 집에서 쫓겨날까 봐 또는 쫓아낼까 봐 울음도 많이 삼키며 살았다. 무서워서 대답 안 한다는 죄로 집 안에 있는 삼 남매의 밥그릇을 망치로 다 깨고, 하루 이틀을 굶기기도 했다. 길거리에서 질질 짜고 다닌다고 동네 공장에서 각목을 주워 와 종아리가 터질 때까

2. 석태(錫泰): 큰 쇳덩이가 온 세상을 가리다.

지 맞았고 맞은 거에 분해서 울면 운다고 더 맞았다. 저녁엔 불 꺼진 방에서 엄마가 살며시 다가와 터진 종아리를 보며 슥슥 약을 발라 주던 기억도 있다. 아프다라는 말도 못 했고, 그러면서 아파서 울지도 못했다. 그러면 다시 한 번 매타작이 시작되기 때문이다.

학습지를 풀지 않고 조잘대고 있으면 공부하지 말라며 학습지를 죄다 찢어 버렸다. 찢고 깨고 던지고 하는 건 이제 일상이 될 정도로… 어린 삼 남매는 익숙해져만 간다.

한 번은 국민학교에서 가을 체육 대회를 했을 때였다.

이때는 통닭도 먹는 날이고, 집에서 싸 준 김밥도 먹는 날이고, 내가 유일하게 잘하는 달리기로 상품도 딸 수 있는 그런 날이다. 손목에 달리기 1등이라는 도장을 받고 당당하게 나 1등 했다고 보라고, 어깨를 으쓱댈 수 있는 날이다. 하지만 이 날도 긴장을 늦추면 안 된다. 정해진 자리에 돗자리를 깔고 있지 않으면 아빠는 어김없이 화를 내고 통닭이고 뭐고 다 집어던지기 일쑤였고, 맘에 안 든다며 집에 그냥 가 버렸다. 그래서 달리기 1등을 하든 말든 엄마는 아무것도 없는 돗자리에 덩그러니 앉아 그래도 우릴 맞아 주었다. 숨겨 놓은 비상금으로 삶은 옥수수나 다슬기를 사 주며 잘했다고 등을 토닥이곤 했다. 아무 이유를 모르는 우리는 상품을 따고 즐겁게 집에 가게 되고, 문을 열자마자 화를 내는 아빠를 마주하게 된다.

그때부터 아무런 소리를 내지 않고 그냥 움직임을 최소화하면 된다.

뭐라 말하든 엄마가 먼저 혼이 나는 게 순서이니까.

속상함도, 슬픔도 어떤 감정도 내비치면 안 됐다.

그럼 아빠한테 지는 거였으니까….

그래도 세월은 흘러가더라….

아빠, 엄마, 네모, 세모, 동그라미 딱 이렇게 다섯이 누우면 꽉 들어차는 그 5평 남짓한 방 한 칸은 완전히 누웠다가, 옆으로 돌았다가, 엎어져 자는 거 이외엔 조금의 자리도 비지 않았다. 한 자리라도 비면 머리 놓인 곳과 다리 놓인 곳이 완전히 뒤바뀌는 신비한 경험을 하게 된다. 그렇게 활동적인 아이들을 그 작은 곳에 가둬 놓은 금숙 마음은 얼마나 아팠을까…. 그래서 그렇게 조금이라도 넓게 자라고 고모네에 보냈나 보다. 어릴 땐 그때마다 범해지는 엄마를 난 몰랐다. 그래도 그곳이 좁디좁아 잘 움직이지 못한대도 좋았다.

적어도 난 버려진 게 아니었으니까…. 삐까번쩍한 밥상은 아니었지만 배고프다고 삐약대면 엄마는 뭐든 입에 넣어 줬다. 감자, 고구마, 옥수수 등등 논밭에서 공짜로 따서 푹 쪄서 대바구니 한가득 그득 차 있는 구황작물들을 먹고 나면 배가 불렀다. 동네 철길 따라 걷다가 아래 덤불로 내려가면 산딸기가 있었으며, 내 키보다 큰 논을 헤집다 보면 메뚜기들이 뛰놀았고 그걸 작은 주먹으로 잡아 양파 망에 담아 놓으면 저녁 별미로 엄마가 소금을 더해서 볶아 주곤 했다. 산과 들로 올라가면 향이 코를 찌르는 아카시아 꽃이 한창 피어 있어 내 후각을 자극했고, 꽃을 따서 엉덩이를 쪽 빨아 먹으면 달달한 꿀이 느껴졌다. 생김새도 희한한 파리똥이라는 빨갛고 하얀 점이 있는 열매도 따 먹고, 해바라기가 크게 해를 보고 있으면 씨를 털어 내어 까먹기도 했다. 빨갛고 작은 주머니 속의 보석들이 반짝이면 석류다!! 외치고 새콤한 열매를 한두 개씩 입에 담아 한껏 깨물었다. 들판에 널린 게 간식이었고, 장난감이었다.

  심심하면 논으로 달려가 옆에 살짝 보이는 동그랗게 몽우리 진 보라색 도라지꽃을 두 손으로 폭 하고 터뜨린다. 신이 나서 서너 개씩 터뜨리고 있다 보면 저 멀리서 할아버지가 건드리지 말라며 소리치신다. 그럼 꺄르르거리며 내달리면 된다. 버려진 쓰레기들 사이를 잘 뒤져 보면 소꿉놀이 할 수 있는 재료들이 꽤 나온다. 버려진 숟가락, 책상, 오만 가지 그릇들…. 지금의 남들이 보면 더럽다며 건드리지 말라고 말렸을 법한 그런 것들이 나에게는 장난감 세상이었다. 버려진 냉장고 안에 보물인 듯 소꿉놀이할 수 있는 그릇들을 넣어 놓고, 옆에 자라나고 있는 초록색 잡초들을 뽑아 나름대로 밥을 짓고 반찬을 만들기 시작한다. 아차! 집을 지어야지! 논 한 귀퉁이에 모아 놓은 볏짚들을 낑차낑차 끌고 와 동그랗게 쌓아 놓는다. "제비 집"이라 불리던 우리들만의 어릴 적 집. 나름 드나들 수 있는 문도 있었고, 그 속에 쏙 누워 있으면 하늘이 천장이 되고 아무도 날 찾지 못한다. 그래도 그땐 사스도, 메르스도, 코로나도 없었다. 아… 역병도 없었다.

때가 되면 친구들이 집에서 나와 골목에서 놀고 있었고, 바닥에 돌로 하늘 땅따먹기 그려 놓으면 하나 둘 달라붙기 시작한다. 흙더미에 올라가 성을 지배한 것마냥 소리를 질러 댔고, 이유 없이 뛰어다니기도 했다. 해가 지고 저 멀리서 엄마가 밥 먹으라고 소리를 지르면 그 다음 날 또 보자는 무언의 인사를 하고 각자의 집으로 돌아간다. 문자도 카톡도 없던 그 시절 우리가 할 수 있는 우리만의 놀이 텔레파시.

친구들이 각자 집에서 흙이 가시지도 않은 구황작물들을

---

2. 석태(䂸泰): 큰 쇳덩이가 온 세상을 가리다.

하나씩 가져와 어른들 몰래 우리 아지트에 성냥으로 불을 피워 그것들을 구워 먹다가 우리 집에 하나밖에 없는 돗자리를 태워 먹어 엄마한테 혼나기도 했다. 겨울에는 추우니까 짚에 불이 붙지 않는다는 희한한 생각에 붙들려 조용히 논에 불을 붙였다가 작았던 불이 나를 잡아먹을 듯 커져 버려 두 손으로 차가운 물을 퍼 담아 뿌렸지만 불길은 잡히지 않았다. 119가 출동할 만큼의 큰불…. 어린 마음에 무서워서 냅다 도망갔다. 어디든 어두운 구석에 박혀 오들오들 떨 수밖에…. 다행히 다친 사람도, 재산의 손해도 없었지만 큰불을 무서워하게 된 반성의 계기랄까…?

쌀을 쌓아 놓은 창고에 가서 포대 중간중간 뛰어놀며 쥐새끼가 보이면 귀엽다고 보살피곤 했다. 그러다 어른들에게 걸리면 너나 할 것 없이 도망가고, 혼나고, 도망가다 넘어져서 다치고 울고…. 나에게는 귀여운 그 쥐새끼를 데리고 왔다가 엄마한테 눈물 쏙 빠지게 혼났던 적도 있다. 삼남매도 겨우 마시는 비싼 우유 먹인다고 혼나고, 집에 몰래 숨겨 놨다 걸려서 또 혼나고…. 그땐 왜 혼났는지 이유를 정말 몰랐다. 나도 땟국물이 줄줄 흘렀을 때니까! 귀여운 거 못 키우게 한다고 엄마만 미워했었던 어린 마음이었지.

용돈으로 300원 또는 500원을 받게 되면 "삼리"라는 옆

동네로 30분을 걸어간다. 가면 덴버껌, 아폴로 등 불량 식품이 가득한 구멍가게가 숨어 있다. 양손 가득 하나에 10원, 50원씩 하는 불량 식품을 잔뜩 들고 마치 만선을 이룬 어부마냥 뿌듯한 마음으로 30분을 걸어와 우리만의 아지트로 간다. 마치 깡시골 살았던 것 같은 내 어릴 적 추억. 가진 게 없었던 역전 뒤의 어린이들. 주위의 쓰레기가 장난감이었고, 자연이 먹거리였다. 그래도!! 집에 TV는 있어서 나름 웨딩피치, 세일러 문, 카드캡터 체리, 피구왕 통키, 그랑죠 등 만화 영화도 잔뜩 봤다. 동네에 좀 산다는 친구네에 웨딩피치 립스틱, 귀걸이, 각종 장난감 세트가 있는 걸 보며 부러워하고, 세일러문 장갑, 옷을 보며 갖지 못하는 마음에 일부러 그 친구랑 놀지 않았던 때도 있었다. 나보다 잘사는 친구가 밉도록 부러웠기 때문이다. 나는 집에서 운다고 우쭈쭈 받아 본 적이 없으며 나를 위한 선물도 받아 보지 못해 봤으니까…. 집에 삐까번쩍한 장난감 집도, 움직이는 로봇도 우리 집에는 그저 사치였다.

  나는 금요일, 토요일 밤이 제일 무서웠다. 일부러 일찍 자려고 기를 썼다.

  전설의 고향, 이야기 속으로, 그리고 제일 무서운 토요미스테리 극장을 보면서 밤잠을 설치기도 했다. 왜 아빠는 그런 걸 좋아하는지…. 안 그래도 꿈에 귀신밖에 나오지 않아 무서웠는데…. 아무리 보지 말라고 부탁을 해도 아빠는 아랑곳하지 않았다. 단칸방에서 10시가 넘은 저녁이 되면 집 주위는 조용해지고 오직 TV 소리밖에 들리지 않는다. 아무리 귀를 막고 눈을 감아도 그 효과음은 내 작은 고막을 살살 건드린다. 꺅꺅!! 나는 자고 싶다…. 자고 싶다….

귀신의 존재를 믿었던 나는 정말 산타도 있다고 생각했다. 세상의 모든 게 다 존재한다고 믿었고, 나는 지금 이 고난을 겪다 보면 세상 어딘가에서 언젠가 이제 때가 됐다고 친부모가 데리러 오는 상상을 하며 내 태생을 잠시 의심하기도 했었다. 그러기엔 아빠, 엄마와 많이 닮은 부정 못 할 유전자였지만….

지금 생각해도 제일 속상했던 건 정말 산타가 올 거라 생각해서 제일 큰 아빠 양말을 머리맡에 두고 잔 것이다. 세모와 속닥이며 내 머리맡에 하나, 세모 머리맡에 하나…. 하지만 내가 착한 일을 하고 엄마 말을 잘 듣고 살았어도 산타가 우리 집에 올 리 만무했다. 그 다음 날 그대로 놓여져 있는 속이 빈 아빠 양말에 속상했고, 아빠 일 나가야 하는데 양말을 왜 꺼내 놨냐며 아침에 일어나자마자 한 소리까지 들었다.

정말 산타는 없구나….

그때의 그 상처가 어른이 된 지금에도 가슴 한편에 남아 있다. 그냥 그때의 실망감이 그렇게 클 수 없었다. 산타가 있다면 우리 집에 굴뚝이 없어 못 온 건지, 바빠서 못 온 건지, 새벽에도 올까 봐 가슴이 두근거렸던 그 작은 동심에 크게 상처 입었던 거 같다. 그래도 동네 친구들한테 지긴 싫어서 장난감 중에 제일 있어 보이는 것을 들고 자랑해 댔다. 지금의 내 새끼 손톱보다 작은 병에 들어 있는 방향제. 그래도 미미 인형 세트를 받은 친구가 부러웠다. 최신 세일러 문 변신 세트를 받은 친구가 부러웠다. 나 역시 가지고 싶었지만 그 장난감들은 고가였다. 가질 수가 없었다. 하루하루 먹고 살기도 힘든 쓰러질 듯한 그 집에서 무슨 세트 장난감…. 그건 나에게 주어질 수 없는 행복.

앞에서도 말했듯 난 둘째 동그라미다.

[남존여비, 남아 선호 사상이 강한 석태 세상에서…]

첫째인 딸 세모의 생일은 1월, 막내인 아들 네모의 생일도 1월.

우리 집에서 생일상은 딱 두 번 차려진다. 1월생들의 생일을 합체해서 한 번에 해결하거나 남동생 생일상을 차리고 아빠의 생일을 챙긴다. 거기서 제일 거하게 차려지는 건

2. 석태(鉐泰): 큰 쇳덩이가 온 세상을 가리다. 39

단연 아빠의 생일상. 내 생일과 엄마의 생일은 잊힌 지 오래다. 어른이 된 지금도 난 내 생일날엔 연차를 내어 나 혼자 보낸 적이 많다. 여행을 가거나 그날 하루는 유난 떨지 않고 오롯이 홀로 보낸다. 생일날 욕이나 안 듣고 아무 일도 안 일어나면 다행이려니 생각한다. 난 내 생일이 싫다.

세모는 세모대로 첫째니까 새로운 옷을 사 주고 네모는 막내이고 아들이니까 성별에 맞춰 옷을 사 주고 나는 늘 물려 입는다. 그래도 별소리 안 했다. 다만 언니와 내 키가 20cm나 차이 나는 건… 어쩔 수 없는 거 아니겠는가!! 그래서 엄마는 항상 우리 옷과 생필품들은 항상 크게 사 줬다. 거의 두 치수 크게 힙합 스타일로 입혀 보냈다. 말이 좋아 힙합 스타일이지 애들은 깡말랐지, 옷은 후줄근하지, 그야말로 찐따가 따로 없었다. 게다가 옷은 거의 돌려 입어야 하니. 딱 맞춰 입는다는 건 존재하지 않았다. 그래서 난 내 발 사이즈가 항상 250~255인 줄 알았다. 운동화는 항상 크게 신어야 했으니까. 신발이 헐떡여서 발이 빠져 나온다고 해도 양말을 겹쳐 신어서라도 신고 다녀야 했었다.

그 시기에 난 성장통이 꽤 심했다. 참 재미있는 건 우리 집에서 세모는 가슴이 크고 키는 작으며, 성격은 순종적이긴 하지만 고집이 셌다. 동그라미인 나는 항상 사람들이 소말리아 난민이라고 부를 만큼 말랐으며 키만 멀대같이 컸다. 막내인 네모는 씨는 못 속인다고 성격이 정말 석태 판박이었다. 아주 꼬마였을 때부터 동네 아줌마한테 대들 정도로 싸가지가 없었으니까. 밖에 나가서 뛰어노는 걸 좋아했던 네모는 항상 시커멓게 타 있었다. 잘 먹였다면 지금의 키보다 훨배 컸을 텐데, 어른이 된 지금의 나와 크게 키 차이가 나지 않는 아들 네모.

  난 항상 무릎의 속뼈가 너무 간지러웠다. 너무너무 간지러워 엄마에게 말을 해 봐도 시원한 대답을 듣지 못했고, 항상 무릎을 가구나 벽에 치거나 나무에 치대거나 했다. 그래도 움직이는 낮에는 괜찮았으나 제일 괴로웠었던 건 움직이지 못하는 밤이 되기 시작하면 무릎의 간지러움도 배가 되어 난리가 난 것이었다. 그럴 때 혼자서 주먹으로 무릎을 때리다 지쳐 잠들기 시작했다. 그게 성장통이었는지도 모른 채 그냥 몸이 약하니 무릎도 약한 것으로만 알고 있었으니….

  대략 초등학생에서 중학생이 됐을 때 10cm가 컸고, 중학생에서 고등학생이 됐을 때 10cm가 컸다.

  최종 동그라미의 키는 171cm.

  그때 그렇게 무릎을 벽에 쳐 댔던 게 지금은 고통으로 다가왔다. 무릎이 많이 약해졌다.

 자식이 세 명이다 보면 흔히 있는 음식 쟁탈전.
 뭐 하나라도 지금 먹지 않으면 안 된다는 생각으로, 더욱이 맛있는 게 있을 때에는 정말 한 명 없는 것을 안타까워하며 배가 불러도 먹고 만다. 세모는 딱 자기 양만큼은 챙겨 두는 스타일. 동그라미는 배가 부르면 남겨 뒀다가 나중에 먹는 스타일. 네모는 그 자리에서 뭐든 해치우는 스타일.
 난 항상 배가 부르면 나중에 먹을 것을 생각해서 몰래 숨겨 놓는다.
 그럼 그걸 귀신같이 찾아내는 세모와 네모. 둘이 쿵짝이 그렇게 잘 맞는다.
 왜인지 모르게 셋이 있다 보면 싸움이 나도 세모와 네모가 싸우면 내가 중재를 하고, 세모와 내가 싸우면 세모와 네모가 쿵짝이 맞아서 날 공격한다. 이 무슨… 가족 관계인 걸까…?
 여튼 그렇게 숨겨 놓은 걸 세모가 찾고, 내가 잊을 만할 때 즈음 네모가 먹어 버린다.
 귀한 남동생이 먹었으니 애를 팰 수도 없고, 그냥 난 간식이 없는 자리를 보며 주저앉아 찔찔 짜고 말 뿐이다.

그래서 뭔 음식이 나오던 우리 삼 남매는 눈에 불을 켜고 그 자리에서 다 해치우려고 한다. 그게 고기든, 과자든, 과일이든, 무엇이든… 먹을 거라면 입에 넣고 보기 바빴다. 그 어릴 적 기억 때문에 성인이 된 지금 난 먹을 것에 대한 집착이 심하다. 음식을 시킬 때 혼자 먹는 거여도 항상 충분하게 2인분을 시킨다. 차라리 먹다 남기는 게 낫지. 모자른 건 정말 싫기 때문이다.

내 기억으로 국민학생 3학년 즈음 됐을 때, 우리 가족은 역전 뒤 시골 같은 곳을 떠나게 된다.

갑작스러운 이사. 국민학교와 가까운 곳이었고 그곳에는 화장실도 집 안에 있었으며, 연립 가까이 놀이터도 두세 개나 있었다.

"우와!! 놀이터가 있대!!"

이사를 하게 되면서 더 이상 농사일을 할 수 없는 석태는 다른 일을 물색한다. 우리도 더 이상 단칸방이 아니라 방이 세 개나 있는 곳으로 가게 된다니! 안방, 자매 방, 아들 방. 각자의 방이 있다는 것만 해도 그게 어딘가! 어릴 적 그렇게 꿈꿨던 내 방에 대한 로망. 그리고 엄마는 더 이상 손빨래가 아닌 세탁기에 대한 로망. 이제 도시 같은 생활을 우리도 하는 것인가! 18평의 크지 않은 집이었지만 작게만 살았던 우리에겐 그저 넓은 궁전과도 같았다. 집 안에 세탁기도 있고, 화장실도 있고, 우리 방도 있고!! 2층 201호인 우리 집은 자가가 아닌 전세였다. 너무너무 행복했다. 더 이상 연탄이나 석유 보일러가 아닌 전기 보일러라니! 이렇게 넓은 방이 저 버튼 하나로 조절이 된다고? 뜨거운 물이 계속 나온다고?! 우리도 호스로 물을 받아서 쓰는 게 아니라 샤워기를 쓸 수가 있다고?! 그리고 제일 좋았던 건 좌변기!!!!

더 이상 앞에 구더기들이 드글거리지 않고, 발이 저리지 않게 앉아 있을 수 있으며 상쾌하게 일을 마무리할 수가 있다. 아무리 저녁이어도 이젠 누군가와 같이 손전등을 챙겨 화장실에 가지 않아도 모든 게 집 안에서 해결 가능했다.

"우와…. 이제 도시 사람처럼 우리도 살 수 있나 봐!"

그런데 그곳에서는 또 다른 일이 우리를 기다리고 있었다.

아빠는 역전 뒤에 살 때 재개발 관련 모임을 가입했었다. 언젠간 여기에 아파트가 들어설 것이고! 그러면 아파트에서 살 것이고! 그렇게 하려면 지금 돈을 내야 한다! 앞에 말했듯 아빠는 술고래다. 그래서 지인들과 술을 마시면 본인이 아버지에게 받은 천만 원이 있다며 그렇게 동네에 자랑을 해 댔다고 한다. 그 당시 90년대의 천만 원이면… 정말 큰돈이었는데…. 그걸 재개발이라는 명목하에 아빠를 속이

려는 꾼들이 작당을 해서 결국 그 돈은 몇 년 만에 사기를 당했다고 한다. 역전 뒤 재개발은 내 어릴 적 기준 15년이 지난 후에 첫 삽이 떠졌던 걸로 기억한다. 삐까번쩍한 큰 아파트들이 들어섰고, 우리의 어릴 적 추억이 사라졌다. 네모의 고향이 사라졌다.

그 당시의 전셋값은 3,500만 원.

쓸 만한 가구들은 그대로 가지고 오고, 새로 산 것도 꽤 있었다.

세탁기도, TV도, 장롱도, 컴퓨터도!! 우와, 우리 집에 컴퓨터라니! 학교에서, 친구 집에서만 써 보던 컴퓨터가 우리 집에 찾아왔다!! 그리고 처음으로 친구를 집에 데리고 온 적도 있었다.

국민학생 때 제일 친했던 내 친구 소선이. 바로 건너편 연립에 살며 친구네 집에 많이 드나들고 학교에서도 엄청 붙어 다녔다. 그런 소선이를 나도 초대해 보고 싶었으나 나의 부푼 마음과는 달리 조금 창피했는지 집 문을 열자마자 소선이는 도망갔다.

내 인생의 첫 초대였는데 이렇게 도망가 버리다니….

그래도 왠지 도시에 사는 일반 가정이 된 거 같아 기분이 좋았다.

2. 석태(錫泰): 큰 쇳덩이가 온 세상을 가리다.

우리 집이 다른 집하고 다르다는 걸 안 것은 국민학교에서 초등학교로 넘어가는 과정에서였다. 나는 어릴 적 동네 친구의 집에 놀러 가게 되었다. 역전 뒤에서도 집이 넓어 부러웠었던 소현이. 역시나 이사 간 집은 운동장처럼 엄청 넓었다. 피아노도 있고, 정말 큰 TV도 있고…. 각자 방마다 침대도 있고, 화장대도 놓여 있고…. 딱 그 나이대에 가지고 싶은 것을 다 가지고 있던 소현이네. 겉으로 티는 내지 않았지만 피아노도 눌러 보고, 화장대에도 앉아 보고. 침대에도 누워 보고…. 부러웠다.

제일 부러웠던 건… 아빠가 퇴근을 하고, 각 방마다 아들, 딸을 찾아가며 아빠 왔다고 눈을 마주치며 인사해 주었던 것이었다!!!!! 너무너무 놀랬다. 아빠가 들어오는 소리가 들리는데 바로 문 앞에 후다닥 달려 나가 서서 기다리지 않고 긴장하지 않고, 어떻게 그냥 가만히 앉아 있을 수가 있지? 그러면 아빠한테 안 혼나?라고 생각하려던 그때! 인사하는 아빠한테 딸 소현이는 벌컥 방문을 열었다며 짜증냈다. 툴툴거리던 딸에게 소현이네 아빠는 "아 미안해~"라며 상냥하게 문을 닫아 주었다.

세.상.에…….

어떻게 이럴 수가 있단 말인가…. 어떻게 이러지? 내가 자라 왔던 세상에서는 절대 있을 수가 없는 부모를 향한 짜증과 딸을 향한 애정이 담긴 아빠의 사과…. 그리고 아무렇지도 않게 과일을 내오시고 둘이 먹어도 넉넉할 만큼 챙겨주었던 소현이네 엄마. 이런 건 매번 먹는다는 듯 한 번 힐끗 보고 나가 노는 소현이네 남동생.

역전 뒤에 살았을 때는 소현이네 엄마, 아빠가 일이 너무 바빠 뵐 시간이 없어서 우리끼리 놀고, 음식 꺼내 먹고, 라면 끓여 먹고, 되레 집에 있는 너희 엄마가 부럽다며 나를 부러워했었던 소현이네가… 지금은 내가 너무나 미치게 부러웠었다. 이 집에서의 시간은 너무나 여유롭게 흘러갔으며 급급한 것 없었다. 안방에는 항상 고급스러운 레이스가 달린 침구들이 있었으며 딸 방에는 핑크, 아들 방에는 파랑으로 저마다의 가구들이 배치를 이뤄 자리 잡고 있었다. 엄마는 빨리 먹으라고 재촉하지도, 아빠는 시끄럽다고 혼내지도, 소리 지르지도 않았다.

그냥 평화로웠다. 너무나 안정적인 가정의 모습.

초등학교에서 "더 이상 국민학생이 아닌 초등학생으로 변경됩니다. 이제 국민학생이라고 하면 안돼요~ 알겠죠?"라고 했을 때의 충격만큼 나한테 그 가족의 풍족함과 평화로움은… 너무나도 부러운 선망의 대상이었다.

1층에서 올라오는 아빠의 발소리만 들려도 후다닥 달려가서 일단 현관 앞에 서 있어야 했었고, 아빠 손에 무엇이라도 들려져 있으면 바로 받아 옮겨 드려야 했다. 이게 너무 당연했다. 그래서 항상 발소리를 분간하기 위해 신경은 곤두서 있었고, 그때 서 있지 않으면 크게 혼나거나 또 한 번 밥을 굶어야 했다. 이게 너무나도 당연하게 10년 이상을 살아왔는데… 이게 아니라니….

  돌아오는 추석이 되면 아빠는 주기적으로 시골에 내려갔다. 큰 고모가 있었고, 그 다음 첫 아들이 아빠였다. 하지만 할아버지는 장자로서 아빠를 대하지 않았다고 한다. 되레 둘째 아들에게 돈을 지원해 주니 아빠는 장자로서 인정을 받지 못했다며 본인이 장성해 힘이 넘치고 부모가 힘이 없어질 때 즈음을 기다렸다가 명절이 되면 시골집을 부수러 내려갔다. 그 내려가 있는 2~3일이 우리에겐 달콤한 휴일이었다. 본인들이 저지른 자식 농사 본인들이 겪어 보시라며 엄마는 시골에 전화 한 통을 드릴 뿐이었다. 세모 아빠 출발했다고…. 그러면 시골에 혼자 있는 할머니는 두려움에 떨었다. 우리가 평생을 겪은 두려움… 그 잠깐 겪는 게 그렇게 무서웠을까…. 자기 자식인데 말이다.

  명절이 아무 일도 아닌 그저 쉬는 날이라는 것은 예전 어릴 적부터였다.

언젠가부터 시골에 가지 않았고, 음식도 만들지 않았다. 남들처럼 교통 체증을 느끼지도 않았고, 용돈을 받지도, 주지도 않았고, 세배도 집에서 아빠한테 한 번 하면 그만, 용돈은 각각 1천 원에서 5천 원씩만 받았다. 엄마에게 고부간의 갈등이란 없었고, 아예 시부모에게 연락 오는 거 또한 필요성 이외에는 전혀 없었다. 아빠의 원천 차단이었달까. 그래도 며느리 된 도리가 아니라며 엄마는 몰래 할머니에게 연락했었다. 모든 걸 내가 다 알 수는 없었지만 그 또한 복잡했었다.

할아버지가 돌아가시기 전에 네모를 너무 보고 싶다고 한 적이 있다. 그때 아빠는 절대 연락하지 말라고 했는데 왜 연락했냐며 난리를 피운 적이 있다. 할아버지는 이제 곧 숨이 꺼져 간다며 네모 이름을 부르며 딱 한 번만 보여 달라고 본인의 아들에게 부탁하기 시작했다. 뒤에 무슨 거래가 있었는지는 몰라도(아마도 돈 일것이다) 아빠는 얌전히 시골로 우리를 데려가 네모를 보여 줬다. 네모를 본 후에 할아버지는 숨을 거두셨다. 정말 찰나의 시간이었다. 고맙다며… 그렇게 말하시곤 하늘로 가셨다.

천륜이다.

부모와 자식은….

아빠는 자신의 아빠가 죽어 가는데 그깟 자존심이 뭐라고 당신들은 내 부모가 아니라고 부정하며 매번 욕을 하기 시작했다. 아빠의 형제들 중에 제일 못난 장자. 아무런 기술도 없었고, 부모의 속만 썩이는 문제아. 다른 형제들은 잘살기만 하는데 본인은 못났다며 노력하지 않고, 부모 탓만 했던 버러지.

내가 어릴 땐 부모가 내 천장이자, 내 모든 것이었다. 난 이런 환경에서 자라났다.

초등학생에서 중학생이 되면서 점점 나의 생각도 한 발짝씩 커져 갔다.

교복은 물려받을 수가 없어서 어쩔 수 없이 큰돈을 들여 큰 사이즈로 사게 됐다. 첫째인 세모의 키는 150대 중반이라 물려 입을 수가 없었다.

나도 스마트 교복이나, 아이비클럽 교복을 입고 싶었으나, 택도 없는 생각. 다른 교복을 사게 되었고, 어차피 디자인이 다 같은데 뭐가 다르냐며 그냥 입고 다니라면서 품도, 길이도 큰 교복을 입었다. 디테일도, 옷감도, 핏도 다르던 메이커 교복…. 아직도 나에겐 선망의 대상이다. 그래도 좋았다. 새 옷이다. 나만을 위한 내 새 옷! 아싸라비아!

세상엔 많은 가정들이 있었으며 적잖게는 나한테 많은 자극과 충격을 주었다.

유학을 다녀온 아이, 외동인 아이, 공부를 잘하는 아이, 연애에 빠삭한 아이, 연예인 소문에 빠삭한 아이 등등…. 초등학생 땐 몰랐던 유학, 외국, 다른 나라…. 거기서 살다 왔다고?!

초등학생 때부터 기본적으로 친구들이 가지고 있던 핸드폰을 난 중학교 2학년이 되어 처음으로 가져 볼 수 있었다. 그전에는 아빠의 삐삐가 유일한 연락 수단이었다.

각 가정의 컴퓨터와 휴대폰은 많은 정보를 물고 우리들 속에 녹아 들었고, 그 속에 늦게 물들었던 우리 가족들…. 그럼에도 엄마는 핸드폰이 없었다. 집에서 놀고먹는 여자가 핸드폰이 뭐 필요하냐며 유일하게 엄마한테는 핸드폰이 허락되지 않았다. 그러려니 했다. 엄마는 절대 놀고먹지 않았지만….

아참! 초등학교 졸업식 때에도 아빠는 오지 않았다.

뭐 대수라고…. 남들 다 하는 거 뭐가 그렇게 큰일이냐고 하며 한 번도 오지 않았다. 중학교도, 고등학교도…. 모든 졸업식엔 엄마만 서 있었다.

엄마가 꽃다발을 들고 밝게 웃고 있을 때면 나도 엄마 왔다고, 나 여기에 있다고! 졸업장 받았다고 자랑하기 바빴다. 본인은 받아 보지도 못했던 그 졸업장을 받는 새끼들이 얼마나 자랑스러웠을까. 그래도 사진은 남겨야 한다며 그 전날 아빠한테 혼났다고 하더라도 엄마는 졸업식에 항상 서 있었다. 그리고 정해진 것처럼 짜장면을 먹고 집에 들어온다. 집에 들어오면 그날이 무슨 날이건 그냥 아무렇지 않게 우리 집은 지나간다. 오전에는 그런 날이었고, 오후에는 그냥 별반 다르지 않은 보통의 오후였으니까…. 아직도 오전의 설렘 속에서 빠져나오지 못한다면 아빠는 또 한 번 화를 내기 시작한다. 뭐 하나라도 이유를 잡아서 소리를 지르고, 물건을 던지고 우리를 떨게 만든다. 그게 못 배운 아빠의 즐거움처럼 느껴졌다. 우리를 혼내고, 우리를 달달 볶는 게 아빠의 유일한 행복이 아닐까? 우리가 행복해하면 아빠는 불안한 걸까? 난 그래서 아빠에게 사랑 받아 본 기억이 없다. 아, 딱 한 번 있었으려나? 잘 기억은 나지 않지만 어릴 적 어떤 걸 잘했다고 칭찬을 받은 적이 있었다.

그때 온몸에 전율이 흘렀다. 이건가? 아빠한테 사랑 받는다는 느낌이??

유일하게 자라 오면서 아빠한테 대들 수 있는 건 첫째인 세모도, 막내 아들인 네모도 아닌 나 동그라미였다. 세모는 이기적이지만 소심했고, 네모는 겁이 많았다. 점점 커 가면서 아빠랑 제일 마찰이 많았던 건 나였고, 그렇게 대들다 한 번은 아빠한테 주먹으로 머리를 맞은 적이 있다. 정말 별 본다는 느낌이 이런 느낌이었을까? 아주 잠깐 기절한 것마냥 아찔했다.

엄마를 지키기 위해 난 대들었고, 엄마는 날 지키기 위해 아빠를 막았다. 체력도 대단했던 아빠에게 삐쩍 마른 내가 대든다고 해 봤자 몸싸움은 하지 못하고 되레 당하기만 했지만, 엄마를 하찮은 사람처럼 여기는 아빠가 너무 싫었다. 똑같은 어른이라고 말해 주고 싶었다. 당신만이 어른이 아니라고…. 그렇게 수없이 개기고 개겼다.

연립에 살면서부터 아빠는 매표소를 하기 시작했다.

다들 아는 신문과 껌, 음료나 좌석 버스표, 일반 버스표를 판매하며 버스 정류장 옆에 있는 그 매표소 말이다. 우리 집도 가게 비슷한 걸 하기 시작해서 처음엔 좋았다. 나도 슈퍼 하는 아들 딸처럼 과자도 맘껏 먹을 수 있는 건가? 우리 엄마, 아빠도 다른 도시 사람들처럼 일을 하는 건가? 이제 더 이상 엄마, 아빠의 직업 칸에 무직 또는 농사를 적지 않아도 되는 건가? 가슴이 두근댔다.

하지만 1평 남짓한 그 매표소 안쪽에서의 불행은 이루

말할 수 없었다.

　버스 카드가 보편화되지 않았을 때, 그땐 어떤 버스든 버스표를 내고 타야 했다(토큰 아니다).

　내가 구매를 하던 입장이었을 땐 그 버스표 10장이 스테이플러로 찍혀 있어, 나는 그게 자동으로 그렇게 나오는 줄 알았다. 하지만 파는 입장이었을 때 기다랗게 10개의 표가 있고, 뒤로 같은 버스표가 100장씩 달려 있었다. 그렇다……. 가위로 잘라서 스테이플러로 찍어야 하는 가내 수공업이 진행이 됐었어야 하던 때였다. 그리고 복권도 판매했던 그때, 담배도 판매했던 그때….

　하교하고 집에 오면 버스표들을 정렬해서 스테이플러로 찍어 가위질을 해야 했고, 10장씩 두꺼운 종이를 한 번에 자르기 위해 엄지 손가락 쪽에 물집이 생겨도, 굳은살이 잡혀도 몇천 장씩 쌓아서 해야 했다.

　아니면 엄마 혼자 독박으로 하게 되니….

　버스표 자르랴, 아빠 간식 준비하랴, 시장 다녀오랴, 매표소를 하면서 엄마의 삶은 그야말로 헐레벌떡이었다. 쉬는 시간도 없었다. 아빠는 시간을 철저하게 분배했지만 엄마로서의 시간은 전혀 주지 않고 본인하고 똑같이 나눴다. 아무리 기를 쓰고 엄마가 장을 보고 아빠 간식을 준비하고 해도 눈 붙일 시간은 없었다. 새벽 6시에 가게 문을 여는 건 본인이 하겠다며 그 시간에 애들 학교 보내고, 본인 아침상 차려 놓으라고 하고, 아침, 점심, 저녁을 본인 중심으로만 시간을 나눠 놨다. 엄마는 아빠의 점심시간을 위해 12시에 도시락을 싸 들고 나갔고, 그 좁은 매표소 안에서 덥든 춥든 맘 편히 도시락 뚜껑을 열지도 못한 채 사람이 오면 오는 대로 하나라도 더 팔아야 한다며 밥을 욱여넣었다.

아빠가 집에서 가게에 가는 오후 2시가 나는 너무 좋았다. 그 시간에 맞춰 치킨을 시키면 엄마가 올 때 치킨도 같이 도착한다. 유일하게 맘 편하게 뭔가를 먹을 수 있는 시간. 엄마도 한 조각 먹으라며 권해도 엄마는 속이 좋지 않다며 먹다 말았다. 일부러 안 먹는 줄 알았다. 우리 먹으라고…. 그래서 기어코 한 조각 엄마를 주고 나머지는 세 명이서 달려들어 먹기 시작했다. 그 시간에 엄마는 바로 버스를 타고 시장으로 향한다, 과일이라도, 떡이라도, 뭐라도 전날과 겹치는 간식이 있으면 안 된다. 매일 다르게 준비해야 한다. 그 짧은 시간에….

아빠는 새벽에 문 연다는 것을 필두로 으스대기 시작했다. 3시간 안에 엄마는 간식 준비, 저녁 준비를 동시에 해야 했고, 한숨도 자지 못했다. 그 시간에 우리는 버스표를 잘라야 했고, 그렇게라도 엄마를 도와야 했다. 다음 날 팔 버스표가 없으면 엄마는 그 좁은 곳에서 아빠의 모든 성화를 견뎌 내야 했다. 오후 5시부터 엄마가 오기 전까지는 아빠가 쉬는 시간이었기 때문에 TV 소리를 키우지도 못한다. 그냥 조용히 있어야 했다. 아무런 의사소통이 되지 않는 독불장군 아빠가 싫었다.

  매주 일요일이 되면 로또나 각종 복권의 당첨 번호를 홈페이지에서 찾아 담뱃갑에 틀을 만들어 매직으로 손수 써야 했다.

  이것은 내 업무였다. 그래서 컴퓨터를 사 준 것인가…?

  유일하게 가전제품을 망가뜨리지 않고 고치는 동그라미. 그래서 컴퓨터의 모든 권한은 나에게 있었다. 세모나 네모가 쓰고 컴퓨터가 되지 않으면 그때부터 어떤 수를 써서라도 고쳤어야 했다. 아빠가 없는 시간대면 기사를 불러 얼른 고쳤어야 했고, 재부팅을 반복했어야 했다. 아빠가 원하는 시간대까지 컴퓨터가 안 된다면 바로 PC방으로 향했다.

  당장 뚝딱 만들어 놔야 혼나지 않기 때문이다.

  한창 세모는 고등학생이 되면서 공부에 집중하기 시작했고, 나와 네모는 컴퓨터 가지고 매일 싸웠다. 네모는 게임이 그렇게 하고 싶은데 나 때문에 못한다며 컴퓨터 이용 시간을 나누기도 했었다. 네모는 게임을 할 때 언제나 난폭해지기 시작한다. 욕을 하며 소리를 지르며 자판을 팍 치기도 했다. 그런 네모에게 난 차라리 하지 말라며 컴퓨터를 보호하기 바빴다. 나의 중학생 시절 대부분은 컴퓨터와 함께했다. 밖에 나가 친구들과 놀면 뭐라도 먹어야 했으니…. 수중에 돈은 없지, 오로지 컴퓨터가 내 친한 친구였다. 중학교 때 대부분의 친구들은 용돈을 받지만, 난 용돈이라고 해봤자 일주일에 몇천 원이 전부…. 이것도 엄마가 몰래 쥐어준 돈이다.

방안에 처박혀 영화를 다운받아서 보기 시작했다. 영화에서 시작된 그 취미는 드라마로 발전했고, 인터넷의 세상은 넓으니 일본 드라마나 미국 드라마에도 눈이 뜨이기 시작했다. 제일 먼저 보게 된 일본 드라마 고쿠센. 양쿠미의 지휘 아래 이래저래 해결되어 가는 그 내용이 너무너무 재미있었다. 잠이 많은 내가 새벽 2시까지 볼 정도로 일본 드라마나 미국 드라마에 푹 빠지기 시작, 지금은 일본어를 편하게 할 정도가 되었달까? 이상하게 영어는 그렇게 드라마건, 영화건 많이 봤는데 입에 붙질 않는다…. 나의 한계인 건가…?!?! 그레이 아나토미 등 자꾸 완결되면 시즌 2, 3이 만들어져 나의 밤잠을 설레게 했다.

중학생 때 세모가 고등학교에서 전교 1등을 했다고 엄마, 아빠가 좋아했다. 그러곤 세모에게 마이마이를 덥썩 사 주는 게 아닌가?! 그 시대 최고의 마이마이를… 어쩜 저렇게 쉽게 얻지…?

 나도 1등 하면 꼭 마이마이 사 달라며 징징거렸다.

 하지만… 중학생이었던 나는… 이상하게… 수학에서만… 그렇게 약했다.

 내가 못생긴 건 아니지만 공부를 잘하게 생겼나 보다. 중학생 때 자꾸 공부 잘하는 아이들이 주위에 다가왔다. 어디 하나 학원도 다니지 않는데 당시 핫했던 "한뜻학원" 다니는 아이들이 그렇게 자꾸 말을 걸어왔다. 정말 똑똑한 애들이 왜 이렇게 부담스럽게 다가올까…. 게다가 수학에서 제일 젬병이었던 나는… 시험만 보면 잘 봤냐고 다가오는 그 똑똑한 애들한테 할 말이 없었다. 외우는 건 자신 있지만 피타고라스가 미웠고, cos, sin… 얘네들하고 멀어지고 싶었다. 저걸 풀면서 뇌에 주름이 하나씩 새겨진다는 그 공부 잘하고 예쁘던 친구…, 엄마의 태몽이 산삼이었다며 선천적으로 똑똑했음을 증명하던 친구, 남자인데 여자보다 더 유연함을 자랑하며 박지윤을 좋아했던 친구, 희희낙락거리며 떠들던 우리들의 사이는 중학교 3학년이 되자마자 확 갈라졌다.

인문계인가, 실업계인가.

여기서 친구들의 등급이 갈렸고, 나를 바라보는 눈빛들도 바뀌기 시작했다.

공부를 못해도 인문계에 가고 싶었다. 주위의 친구들은 대학이 목표였고 당연한 듯 인문계를 지원했으니까…. 하지만 나는 돈이 먼저였다. 집에서도 실업계를 원했고, 언니도 실업계였기에 그 수순 그대로를 걸을 수밖에 없었다. 나도 가고 싶다…. 대학이란 곳…. 나도 그들 속에 끼고 싶었다.

"용의 꼬리가 될 것인가? 뱀의 머리가 될 것인가?"

한참 실업계를 지원한 아이들 사이에서 많이 맴돌던 말이다.

인문계 가서 이도 저도 아니게 될 바에야 그냥 실업계 가자!라고 칼을 뽑았지만… 막상 졸업식 때가 되기 전까지 주위에 겉도는 친구들을 보며 마음이 아팠다. "쟤 실업계 썼대"라는 말과 눈빛들이 내 사춘기 때 마음을 찌르기 시작했다.

다른 애들처럼 평범하게 있고 싶었다. 평범하게 학교 다니면서 평범하게 공부하고, 평범하게 학원도 다니고, 돈 걱정이 아닌 오로지 학업으로만 다니고 싶었는데 현실은 차가웠다.

엄마, 아빠는 한 번 이혼한 경력이 있다.

바로 내가 중학교 때였다. 이때 기초 수급자 신청을 하기 위해서 아빠는 엄마와 서류상 이혼을 했고, 난 한 부모 자녀가 되었다. 그래서 학교 다니는 것도, 점심(도시락)도 학교에서 지원을 받아 먹기 시작했다. 애들이 궁금해했다.
"왜 너는 보건실에서 도시락을 가져다 먹어?"
나 때에는 급식이 활성화되지 않아서 중학교 때까지 도시락을 집에서 싸서 다녔다. 하지만 매번 점심시간 전 쉬는 시간에 1층 보건실에 후다닥 내려가서 도시락을 가져오는 날 보고 애들은 많이 의아해했다. 그냥 엄마가 아침에 보건실에 맡겨 놓는다는 말도 안 되는 말을 에둘러 했었는데 하필 나와 같이 도시락을 지원받는 애가 우리 반에 또 있을 줄은….
점심을 먹던 남자애의 너 왜 재랑 반찬이 똑같냐?!라는 말 한마디에 애들은 이미 눈치를 챘었겠지…. 창피했다. 근데 도망갈 수가 없었다. 그냥 그대로 먹을 수밖에 없었.
반에서 한참 종례 시간 때에 선생님이 수급자 지원받는 애들 손 들라고 했었을 때(이때엔 손 들거나 일어나라고 했었다), 확인서 부모님한테 받아 오는 거 잊지 말라는 그 간단한 말 하나로 인해서 아이들의 눈빛은 손을 든 나에게 꽂혔다.

날 보지마…. 그 시간이 왜 이렇게 길게 느껴지던지….

중학교 때엔 휴대폰이 그렇게 대중화가 되었던 때가 아니었으니 선생님은 개개인한테 연락할 수 없었고, 오직 학교에서만 볼 수 있었으니 그렇게 말하셨을 텐데…. 그래도 그게 지금도 수치스럽다.

중학교 1~2학년 땐 그러려니 하고 지나갔다고 하면, 중학교 3학년 때 담임 선생님은 나도, 선생님도 잊지 못할 추억거리가 생기지 않았을까 싶다.

유난히 차별도 없으셨고, 오히려 기초 수급 대상자들을 뒤에서 많이 챙겨 주셨던 분. 내가 제일 싫어하는 수학이라는 과목을 가르치셨던 담임 선생님. 언젠가는 나랑 친한 친구들 한둘을 불러서 같이 저녁에 피자도 사 주시고, 겨울이 곧 다가온다며 따듯한 폴라 티도 자비로 사 주셨다. 혹시나 내가 상처 받을까 따로 교무실로 불러서 이런저런 상담도 해 주셨던 최계현 선생님. 따뜻하게 다가와 주신 선생님에게 난 해 줄 거라곤 아무것도 없었다. 내가 그나마 잘할 수 있는 건 글을 쓴다는 거?

그때 스승의 날에 맞춰 제과 회사에서 이벤트를 진행했었고, 1등이 되면 해당 선생님에게 일본 여행을 시켜 준다는 것이었다. 꼭 1등이 아니어도 조그맣게나마 뭔가 해 드리고 싶어 사연을 적었다. 한두 달 후에 선생님은 깜짝 놀란 얼굴로 날 불러내셨고, 본인이 일본으로 연수를 가게 됐다고 말씀하셨다. 이게 다 네 덕이라며…. 대체 자기가 해 준 것도 없는데 뭘 쓴 거냐며 너무너무 고맙다고 하셨다.

진심이 통했던 거지…. 너무 좋아하는 선생님을 보며 나 역시 뭔가 해 드릴 수 있어서 뿌듯했다. 돈이 없어 돈으로 뭔가 해 드릴 수 없었다. 이때만 해도 촌지가 성행하던 시절이라 받은 만큼 차별하는 선생님들도 꽤 있으셨다. 돈이 무서운 거라고 어렸을 적부터 뼈저리게 느꼈다.

겨울 방학 때에 맞춰 일주일 연수를 다녀오신 선생님은 나를 저녁에 따로 불러 너무 고맙다며, 처음으로 이런 연수를 가게 돼서 많이 배우셨다고 했다. 자기보다 훨씬 훌륭한 선생님들이 많았고, 그 속에서 본인은 그저 작은 사람이었다며 최고급으로 다녀왔다고 자랑하시면서 나에게 선물을 주셨다.

화이트 골드 목걸이.

눈에 띄지 않지만 언제나 반짝거리라는 마음을 담아 선물해 주셨다. 20년이 지난 지금도 소중하게 간직하고 있습니다. 그리고 사랑해요, 롯데제과. 진심으로 뭔가를 갚을 수 있게 해 주셔서요!

실업계에 입학하게 된 나는 언니의 교복을 또 한 번 물려 입을 뻔했으나, 다행히 크나큰 신장 차이 때문에 그럴 수가 없었다. 그런데… 또 다른 난관은… 학교에서 교복을(새 것같이 보이는) 불우한 가정의 아이들에게 나눠 준다는 것이었다. 그것도 누군가가 3년 동안 입었을 교복을. 나는 그 안내장을 조용히 접어 쓰레기통에 버렸고, 또 한 번 그 교복점에서 교복을 맞추게 된다.

내가 살고 있는 도시에서 유일한 실업계 여자 고등학교.

그래도 취업도 잘 되고, 대학에 가고 싶으면 실업계 전형으로 가면 되지 않느냐라는 말에 넘어갔다기보단 나에게는 어쩔 수 없는 선택이었다.

막상 입학해 보니 나와 비슷한 환경에 있는 친구들이 많았고, 되레 여자 학교여서 그런지 더 오픈된 마음으로 다닐 수 있었던 거 같다. 한참 고등학교 초기에 엄마가 "너 중학교 때 엄마, 아빠가 서류로 이혼 처리된 적이 있다"고 말한 적이 있다. 그때 아주 잠깐이었지만 "도망가지…"라고 말했다. 애들도 어느 정도 컸겠다, 엄마만 도망갔으면 그래도 엄마 삶은 살 수 있었지 않았냐고 말하면서 말이다. 근데 이것도 웃긴 게… 엄마가 도망가지 않았기 때문에 내가 이렇게 조용하게 다닐 수 있었다는 안도감에서 나온 말이었다. 만약 이혼이 되어 있을 때에 엄마가 저 말을 나에게 했더라면 똑같이 도망가라고 말을 할 수 있었을까? 우리는 어떻게 해? 어떻게 살아?라며 가지 말라고 나부터 엄마를 부여잡았을 것이다.

아주 어렸을 때 우리 삼 남매가 말을 안 듣는다며 저녁 늦게 엄마가 집을 나간다고 한 적이 있다. 그때의 나는 정말 닭똥 같은 눈물을 흘리고, 엉엉 울며 온 동네를 뒤지며 엄마를 찾아 다녔던 기억이 있다. 정말 엉엉 울면서 잔뜩 겁을 먹은 채로 그렇게 온 동네를 뒤지고, 동네 슈퍼에 앉아서 잠시 수다를 떨던 엄마는 눈물과 콧물로 범벅된 내 얼굴을 보고 깜짝 놀라 어르고 달래기 바빴다. 사탕 하나에 정신이 팔려 울던 것도 까먹고 엄마 옆에만 찰싹 붙어 있었다. 도망가라는 내 말에 엄마는 어떻게 너희들을 두고 가냐며 가슴이 아파서 못 갔다고 그저 시선만 떨구었다.

그게 마지막 기회였을지 모른다···. 아빠는 엄마가 가출하면 일주일 정도 술 먹고 난리치고 말겠지라고 다시 한 번 말 거는 날 보며 그저 머리만 쓰다듬어 주었다. 참으로 모성이란 무섭다. 자식 셋을 두고 나 혼자 먹고살겠다고 도망가지 못하는 답답한 엄마···. 이 고통은 엄마가 잘못한 게 많아서 그런다며 이렇게 벌을 받고 있는 거라고 말하던 엄

마. 그런 엄마가 참 가슴 아팠다. 바보가 된 거 같아서….

돈 없는 사람들이 가정에 불화가 많으면 찾아가는 곳은 한 군데밖에 없다.

의지할 곳 없는 사람들이 헤매다가 "여기가 용하대!"라는 한마디에 꽂혀서 찾게 되는 곳, 바로 점집이다. 엄마도 나 어렸을 때 기억으로 3~5만 원, 혹은 제사 지낸 것까지 합친다고 하면 아마 몇천만 원대 넘게 쓰지 않았을까 싶다. 수없이 여기저기를 다녔다. 아빠 팔자가 박수무당 팔자라는 말에서부터 엄마는 결혼하지 말았어야 했다, 더 늦게 했어야 했다, 지금의 아빠와 상극이다,라는 말을 수없이 들었다. 가깝게는 동네에서부터 멀리는 서울까지 정말 가리지 않고 용하다는 곳을 다녔지만 돈만 날릴 뿐…. 어디 하나 해결해 줄 수 있는 곳은 없었다.

너무나 당연한 건가…. 헛된 희망을 품었던 엄마만 순진하게 이용당했다. 그러나 또 무시할 수도 없었던 것이… 꼭 점집을 갔다 오면 그날 하루는 아빠가 얌전하게 있거나 짜증을 부리지도, 화를 내지도 않았다. 이런 일상의 반복이었으니 엄마는 알고서도 그저 쌈짓돈을 꺼내 가며 찾아다닐 수밖에 없었다.

아예 의미 없다고 부정할 수 없는 아빠의 반응들의 연속

2. 석태(鐥泰): 큰 쇳덩이가 온 세상을 가리다.

이었으니까.

동네에서 유명한 점집부터 TV에 나온 용하다는 점집까지 정말 부지런히도 찾아다녔었다.

내가 고등학생이 되고 세모는 첫 직장을 얻게 된다.

그러면서 아빠의 태도가 바뀌기 시작한다. 본인에게서 돈만 빼먹어 가던 자식이 돈을 벌어 온다니⋯. 이 얼마나 신기한 일인가? 한 달이 지나면 꼬박꼬박 입금되는 세모의 월급에 눈독을 들이기 시작했다. 아직 어려서 돈 관리를 할 줄 모르니 돈 관리를 해 주겠다는 명목으로 거의 80%는 적금을 들게 하고, 나머지는 본인이 쓸 수 있게 했다.

돈을 쓸 줄 몰랐던 우리들은 몇만 원이어도 벌벌 떨기 일쑤였고, 사회생활을 하며 세모는 이런저런 곳에 돈 쓰는 걸 배우기 시작했다. 화장품도 사고, 옷도 사고, 가방도 사고⋯. 당시 학생이었던 내 눈에는 모든 게 다 부럽고 신기할 뿐이었고 나도 얼른 돈을 벌고 싶었다. 고등학교 1학년 때부터 내 목표는 오로지 S사였다. 대기업에 들어가리라. 떵떵거리면서 살고 싶다. S사에 들어가기만 하면 된다. 최종 목표는 S다. 수없이 되뇌었다. 1학년 중간고사든 기말고사든 무조건 성적 관리를 했다. 내가 제일 못했던 수학은 패스하고 나머지 암기 과목에서 점수를 올려 평균 점수를 맞췄다. 1학년 때부터 높은 상위권을 유지했다. 실업계라 많이 어렵지 않았고, 내가 공부를 하는 만큼 시험에 그대로 잘 나왔다. 실기 또한 놓치지 않았다. 언니가 학원을 다니며 자격증을 따고 입사했던 걸 아는 아빠는 나도 전산 학원에 보내 주었다. 얼마 동안 주어지지 않을 이 학원이라는 끈을 부여잡고 미친 듯이 자격증을 따내기 시작했다.

이맘때 내가 아무리 1등을 해도 나에게 마이마이 같은 선물이 주어지진 않았다. 모든 관심은 지금 입사해서 돈을 벌고 있는 세모의 월급 통장에만 기울어져 있었으니까…. 나도 1등하면 뭐… 사 주면 안 돼? 왜 언니는 사 주고 나는 안 사 줘?라고 아무리 말을 해도 아프지 말고 건강만 하라는 엄마…. 집에서는 공부 좀 하라는 말을 한 번도 한 적이 없다. 제발 엄마 입을 통해서 듣고 싶었다. 공부 좀 하라고…. 그럼 난 당당하게 공부했고, 이 정도의 성적을 가지고 왔다고 나도 선물 사 달라고 조르고 싶었다. 하지만 실업계 학교를 다니며 학원을 보내 주는 거기까지가 딱 나에게 주어진 관심이었다.

3년만 고등학교 잘 다니다가 졸업하면 입사해서 돈을 벌어다 줄 거니까…. 더 이상의 투자는 욕심이라는 아빠의 생각 또한 변치 않았다. 반월공단에 가면 따박따박 월급을 받아 오니까 딱 거기까지만 키우자는 생각이 많았던 거 같다.

그 선까지였다. 아빠한테 자식들이라는 존재는….

어느 정도 세모의 적금이 모이고 월급이 모였을 때 즈음 아빠는 발톱을 드러내기 시작했다. 본인 치아가 좋지 않다며 금을 씌워야 할 거 같고 어쩌고 저쩌고 해서 500만 원을 달라고 한다. 이건 동의를 얻는 게 아니라 그냥 통보식이었다. 금번 달에 만기 되는 거에서 500만 원 아빠 치과 치료에 쓸게. 그리 알아. 이기적이지만 심하게 소심했던 언니는 울면서 이런 게 어딨냐고 따져 봤지만 이미 경제권을 준 이상 어쩔 수 없는 현실이었다. 그 이후 몇 개월이 지나고 이제는 본인이 월급 관리한다고 통장을 가져왔지만 기분 나빴던 아빠는 또 한 번 술을 마시며 집안을 뒤집어 놓는다. 자식새끼 다 키워 놨더니 부모 말 믿지도 못하고 아프다고 돈 좀 빌려 달라고 한 건데 싸가지 없는 년이 부모를 못 믿는다고…. 이러면서 한 며칠을 괴롭혔다. 그렇게 견디지 못한 세모는 또 한 번 통장을 압수당한다. 빌린 거? 아니다. 저렇게 세모의 통장에서 몇 번을 더 꺼내 쓴다. 상의도 없었다. 그냥 통보였을 뿐….

난 죽어도 관리는 내가 하리라. 절대 통장을 넘기지 않겠다고 마음속으로 다짐, 또 다짐했다.

내 고등학교 초기 때까지만 해도 나와 세모의 사이는 그리 나쁘지 않았다. 되레 세모가 먼저 돈을 벌게 되고 적지만 용돈도 받을 수 있었으니까. 가끔 네 거네, 내 거네 하는 자매들의 싸움은 크고 작게 있었지만 이내 다시 화해하곤 했었다.

하.지.만……

고등학교 2~3학년 때 한참 소풍이네, 수련회네, 수학여행이네 이럴 때!! 언니 찬스 좀 써 보겠다고 옷 좀 빌려 달라고 한 게 문제가 되었다. 뻔히 안 입는 옷이면서 죽어도 건들지 말라며 옷, 가방 등등 손도 대지 못하게 했다. 건드는 물건 족족 짜증을 냈었고 너무 크게 소리를 지르며 화를 냈었다. 그때부터였다. 내가 저 인간하고 말을 하면 인간이 아니라고 다짐한 것이!!!!

하는 수 없이 뽐내기의 자랑터였던 소풍이며 수련회는 집에 있던 옷을 대충 돌려 입고 갈 수밖에 없었다. 여자애들만 가득했던 그곳에서 또 한 번의 계급이 나뉘게 된다. 명품을 하나도 모르던 나는 다른 애들이 가지고 온 화장품, 카메라, 가방, 액세서리 등을 보며 부러워할 수밖에 없었다. 이런 세상이 있구나! 그리고 다른 애들에게 뒤처지지 않게 명품 이야기를 들으면 이내 되뇌었다. 까먹지 않기 위해서

였다. 나도 이런 거쯤은 알고 있다고! 그러니까 나도 같이 말을 섞자꾸나!

밖에서는 성격이 활발 그 자체였던 나도 고등학교 때 왕따를 겪었었다.

여자아이들의 시샘이란… 어디로 튈지 모르고, 바로 뒤돌아서면 끝이었다. 한참 학교에서 전교 또는 반에서 항상 상위권이었던 나는 시험 기간엔 그렇게 인기가 많다가 시험 기간만 지나면 친구들은 점점 등을 돌리기 시작했고, 수학여행이나 수련회에서는 눈에 띄게 더 왕따를 시켰다.

아무리 섞여서 사진을 찍으려고 해도 내가 그 무리에 들어가면 갑자기 카메라는 고장이 났고, 내가 빠져나가면 그 카메라는 정상 작동이 되곤 했다. 밥을 먹으려고 하면 반 친구들은 따로 삼삼오오 모였고, 난 결국 다른 반 친한 아이들과 밥을 먹었다. 고등학교만 졸업하면 그때 두고 보자고 생각했다. 이렇게 날 따돌리는 너희들에게 내가 성공한 모습을 보여 주어 꼭 복수할 거라고 생각했다. 그때 후회하게 해 줄 거라고, 지금의 우리 사이는 내가 이 학교를 다니기 위함이라고, 졸업만 하면 나도 너희들과의 관계는 끝이라며 이를 악물었다.

고2 때 담임 선생님이 고3 때까지 이어졌다. 난 담임 선생님을 잘 따랐고, 학업 성적 또한 뛰어났던 나를 선생님은 예쁘게 봐 주셨었다. 그리고 정말 모범생처럼 지냈다. 하지 말라는 거 하지 않았고, 하라는 거 잘 처리했으며 도전하라는 거 도전했다. 그리고 원래 약속 자체를 늦는 걸 싫어하는 나는 학교도 언제나 일찍 갔었다.

앞에 말했듯이 우리 학교는 우리 시에서 유일한 여고였다. 그래서 소위 바바리 맨(변태)이라고 불리는 분들도 정말 많았다. 1학년 때는 바바리 맨을 보면 울고, 2학년 때는 담담하게 지나치게 되고, 3학년 때는 환호성을 지르며 쫓아간다는 말이 있다. 실제로 아침 일찍 학교에 가는 나는 고1 때 첫 바바리 맨을 보고 정말 놀라서 그 자리에 굳어 울기만 했다. 어릴 적 남동생이었던 네모의 고추를 생각하고 있던 난, 성인 남자의 그것을 처음으로 보았고, 아무렇지 않은 표정을 짓고 있던 바바리 맨의 얼굴을 지금도 잊을 수가 없다. 신문 보는 척 바지를 내리고 있던 아저씨도 있었고, 차 안에서 길을 물어보는 척 바지를 내리는 아저씨도 있었고, 대놓고 산에서 바지를 내리는 아저씨 등등…. 우리나라에 왜 이렇게 성욕이 세신 분들이 많은지…. 정말 꺅꺅 소리가 날 때마다 몽둥이를 들고 뛰어다니는 남자 선생님들을 잊을 수가 없다. 여고였기 때문에 대체로 남자 선생님들이 많았다. 사춘기의 여자 고등학생들이 잘 삐지는 걸 아는 선생님들은 부드럽게 말씀하시곤 했었다. 이게 좋았다. 유일하게 내가 혼나지 않고, 조금은 큰 소리를 낼 수 있는 그곳. 내가 보여 주는 그대로 나를 바라봐 주는 곳이었다.

　아! 바바리 맨 이야기를 한 것은 내가 고2 때 등교하다가 변태를 보고 너무 놀라 학교에 뛰어 들어갔는데, 그때 마침 담임 선생님이 나와 계셨다. 저기에 변태가 있다며 뛰어와 헉헉거리는 날 뒤로하며 후다닥 달려가시는 지니 닮은 우리 담임 선생님의 뒷모습이 너무나 듬직했다. 특이한 성씨를 가지고 계셨던 담임 선생님은 첫째 아들의 이름을 어떤 걸 해야겠냐며 우리 반 아이들에게 상담하셨지만 결코 좋은 이름을 얻지는 못하셨다. 우리 어중이떠중이 잘 지내고 있나요?!

　독서실을 다니며, 머리카락을 쥐어뜯으며, 머리카락을 뽑아 대며 그렇게 공부한 결과가 고3 때 슬슬 빛을 발하기 시작했다. 본격적으로 취업 신청서가 들어오는 그.때!! 실업계 고등학교에 걸맞게 아이들의 90%는 취업의 길로 향하게 됐고, 나머지 10%는 공부의 길로 가게 되었다.

　3학년 초부터 시작된 취.업.전.쟁!!

　이름 있는 중소기업들이 먼저 들어오기 시작했고, 성적에 맞춰 지원서를 내며 두근두근 결과를 기다리기 시작했다. 오로지 S사만 바라보던 나는 다른 회사에 전혀 눈도 돌리지 않았으며 되레 다른 친구들을 추천해 주며 같이 결과를 기다려 주었다. 5월부터 입사하는 친구들이 생겨나기 시작했고, 각 반마다 한두 명씩 직장인이 되기 시작하면서 부러움 반, 아쉬움 반이었다.

드디어 취업 신청서가 들어온 S사 생명!!!!

뭐가 됐든 우선 S사만이 내 꿈이었던 나는 득달같이 달려들었다. 그 전에 다른 S사도 들어왔으나 이미 신청서를 제출해 놓은지라 취소를 할 수가 없었다. 되든 안 되든 우선 결과가 나오기 전까지 신청한 곳만 바라봐야 했다. 아니면 다른 친구 한 명이 취업을 못하게 되니까…. 이중으로 걸쳐 놓는 일은 안 됐다. 한 친구의 인생이 바뀔 수도 있는 노릇이었으니까.

S사 생명에 지원하자마자 따로 취업반을 꾸려 신청서 제출부터 면접까지 별도로 관리가 이루어졌다. 매년 한 명씩 우리 학교에서 뽑혀져 그 명맥을 유지하기 위해서였다. 지렁이가 날아갈 정도로 글씨를 못 썼던 나는 A4 용지에 쓰고 또 쓰고 그나마 봐줄 만한 글씨가 됐을 때 지원서를 자필로, 그것도 볼펜으로 한 번에 쓰기 시작했다. 모든 준비

에서부터 내가 대기업에 지원했다는 것까지 집에는 비밀로 했다. 괜히 확정도 아닌데 떠들어 대기 싫었다. 그러다 안 되면…이라는 걱정이 앞섰기 때문이다. 툭 치기만 해도 나올 정도로 자기소개를 달달달 외웠고, 모의 면접도 몇 번씩이고 치러졌다. 따로 모인 친구들은 각 과마다 제일 공부 잘하는 친구들이었고, 대답도 나보다 훨씬 잘했다. 난 초조해서 되레 눈치만 보기 시작했고, 작아지기 시작했다. 이러면 내가 이 학교에 입학했을 때부터 마음먹어 왔던 게 이뤄지지 않는다. 정신 차리자 동그라미!! 이걸론 안돼!!

  한 번 눈을 감았다 뜨고 지원서를 작성해서 제출했고, 결과를 기다리기 시작했다.

  두근두근 1차 합격자가 발표될 날이 다가왔다.

  오후가 되어서야 발표가 시작되었고, 1차 서류 통과자들이 따로 모이기 시작했다.

  총 다섯 명. 물론 나 포함이다. 어~휴 다행이다. 글씨만으로 판단하지 않은 대기업 사랑해요!

  다시 한 번 다섯 명이 본격적으로 면접 연습에 돌입했다. 엉뚱한 질문에도 재치 있게 받아치는 센스가 필요했고, 그 와중에도 잊지 않는 미소 또한 필요했다. 3년 내내 본 선생님들이 심사 위원이 되어 있는 것만으로도 너무너무 떨린

데…. 이걸 어찌한담. 학교의 전체 시간은 오로지 면접 연습으로 채워졌다. 밖에서 친구들이 체육 시간 때 꺄르르 웃는 게 너무 부러웠다. 그래도 최종 웃는 자가 되기 위해서 다시 한 번 연습지를 보고 또 봤다.

  2차는 사업부 면접. 여기서 또 한 번 갈리게 된다. 다섯 명에서 세 명으로….

  제일 좋았던 건 회사에서 면접이 끝나면 면접비를 챙겨주는 것이었다. 크, 역시 큰 회사는 다르구만!이라며 면접이 끝나고 차비와 점심값 정도의 금액을 받았다. 처음으로 받았던 돈이었다. 근데 제일 중요한 건… 내가 사업부 면접 때 뭘 말하고 뭘 대답했는지… 정말 하나도 기억이 안 난다는 것이다. 지금 너무 많은 시간이 흘러서 그런가… 누가 들어왔는지도 모르겠다. 단지 거기서 우리 학교 교복이 제일 튀어서 모든 아이들이 다 신기하게 쳐다본 것만 기억날 뿐이었다. 서류 심사만 진행된 것이기 때문에 내가 사는 시에 있던 다른 지역 실업계 학교 친구들도 왔었다. 다들 면접 준비에 바빴고 나 또한 덜덜덜 떨기만 했었다. 머릿속은 백지가 된 지 오래고, 손에 움켜쥐고 있는 질문지는 닳고 닳아 이미 해진 지 오래였다. 수원에서 진행된 면접이 끝나고 바로 학교로 복귀했다. 양손에는 면접비로 받은 금액으로 빵을 잔뜩 사 들고 면접 본 것을 기다리고 있는 선생님들에게 바로 달려갔다. 너무나 떨렸고, 이런저런 얘기를 긴장이 풀리자마자 풀어내기 시작했다. 같이 갔었던 친구들도 선생님들을 보자 거의 울먹거렸고, 어쨌든 2차 면접이 끝났음을 알렸다. 고생했다며 다독여 주는 선생님들…. 그 위로를 받으며 아무 일 없던 것처럼 집으로 향했다.

합격 발표가 있기 전까지 나는 그냥 산은 산이요, 물은 물이로다, 면접 보는 다른 친구들의 면접관이 되어 주기도 하고, 이렇게 써 보는 게 어때?라며 자기소개서를 봐 주기도 했었다. 우선 1차까진 합격했으니까 애들도 나를 신뢰하기 시작했다. 내가 도와준 친구들이 먼저 합격 발표가 나오기 시작했고, 나는 같이 기뻐해 주었다. 나에게도 이런 좋은 소식이 들려오길 기대하면서.

2차 합격 발표날, 다섯 명이 오후에 다 같이 모였다. 여기서 세 명만 붙었다며, 떨어진 친구들이 있으니 다들 다독여 주라고 말씀하시며 담담하게 선생님은 합격자를 호명하였다. 제발제발제발제발…. 호명된 세 명의 이름에 내 이름이 포함되어 있었다. 얼떨떨했다. 떨어진 아이들은 아쉬워했고, 합격된 아이들은 울기도, 나처럼 멍하기도 했었다. 축하한다며, 다른 좋은 회사가 있을 거라며 다독여 줬다. 이제 마지막 관문만이 남았다. 3차 본사 면접!! 이 산만 넘으면 내 인생이 결정된다. 그만큼 난 너무 간절했다.

우리 학교에서만 최종적으로 총 세 명이 붙었고, 다른 실업계 학교에서는 부러운 듯 대체 어떻게 한 거냐며 선생님들에게 연락이 왔었다고 한다. 어깨를 으쓱대며 별거 아니라는 듯 자신감 뿜뿜하는 우리 취업 담당 선생님들 귀요미!! 마지막 3차를 위해서 마음가짐부터 머리는 무조건 올백으로 넘기기(한 올의 머리카락도 허락하지 않는다!), 하얀색 발목 양말 신기, 무조건 미소 장착하기, 시선 바닥 보지 않기, 귀걸이 하지 않기, 화장하지 않기, 교복 줄여 입지 않기 등등 어쨌든 첫인상에 단정함을 주어야 한다며 세상 찐따 같은 모습은 다 불러 모았다. 그런데… 나는 그냥 내 일상적인 모습이었는지라 크게 불편하지 않았다. 다만 콩닥콩닥하는 내 마음을 잡기가 힘들었을 뿐….

소문에 본사 면접 때에는 관상 보는 사람도 있다며, 관상은 어쩔 수 없지 않냐며, 어떻게 준비하냐고 다들 발만 동동동 구르기 일쑤였고, 뭐 하나라도 빠짐없이 준비하려 애를 썼다.

서울 본사에서 보는 최.종.면.접! 두둥!

아침부터 청심환을 들이키며 서울로 향했다.

세 명의 2차 합격자들은 서로 파이팅을 외치며 면접 순서대로 줄을 섰고, 나름대로 중얼거리며 연습을 시작했다. 서울 본사 대기실 안에서 정장을 입고, 목에 사원증을 건 채 긴장하지 말라며 웃으면서 우리를 안내해 주셨던 여자 대리님…! 진짜 관상 보는 사람이 있냐고, 너무 예쁘신 거 아니냐고, 어떻게 하면 본사에 올 수 있냐고 등등 되지도 않는 질문에 웃으면서 답변해 주시던 그분이 너무너무 멋있어 보였다. 나와 같이 최종 면접에 들어갔던 서울의 쟁쟁한 실업계 고등학교에서 온 두 명의 친구들…. 앞에 있는 6명의 면접관의 기에 눌리면 안 된다는 생각이 들어 자꾸 시선을 위로 올렸다. 아니면 이내 바닥만 쳐다보고 있는 나를 발견하게 되니까 말이다.

  들어간 순서로 세 번째에 앉은 나는 첫 번째로 시작하는 친구보단 아주 조금은, 한 1% 정도 마음이 놓였던 거 같다. 첫 번째 친구는 막힘없이 대답을 하기 시작했다. 세 명에게 똑같은 질문을 할 거라는 생각은 큰 착각이었다. 두 번째 친구가 첫 번째 질문 그대로 답변을 생각했을 때 즈음 질문은 크게 바뀌었고, 두 번째 친구는 당황해서 말을 버벅거리며 더듬기 시작했다. 짧은 시간이었지만 나도 적잖이 당황했고, 미소 짓고 있던 내 얼굴이 긴장하기 시작했다. 하지만 난 운이 좋게도 두 번째 친구가 받았던 질문을 그대로 받아 그나마 수월하게 대답할 수 있었던 거 같다. 적어도 대답을 못한 것은 없었으니까 나름 잘 넘어갔다고 생각했다. 두 번째 친구한테는 미안하지만 그 친구가 버벅댔기 때문에 내가 대답할 수 있는 기회를 얻었다 생각해 마음의 위안을 얻었다. 실질적으로 지역별, 학교별로 면접을 보는 게 아니기 때문에 다른 지역에 있는 친구들과 잔뜩 섞여서 대기했고, 먼저 면접을 마친 친구들은 나오자마자 서로 바라보고 손을 잡으며 서로를 달래고, 너는 잘했네, 나는 못했네 등등 징징대기 시작한다. 문밖에 나오면 그 짧은 시간에 전우애가 갑자기 잔뜩 생기는 희한한 경험을 하게 된다. 서로의 이름도 제대로 알지 못한 채 같은 면접을 봤다는 이유만으로 베프 이상의 우정이 생겨 버린다. 꼭 합격해서 같이 보자며 약속도 서로서로 하면서 헤어진다. 격한 전쟁을 치른 듯 다시 학교로 복귀하게 되고 선생님들은 어땠냐고 물어보지만 긴장이 풀릴 대로 풀린 우리 세 명은 그냥 웃기만 했다.

최종 합격자 발표는 오래 걸렸다.

앞에서 말했듯 별도의 발표가 나지 않는 한 다른 회사에 지원을 할 수가 없다. 꽤 큰 회사들에서 제안이 들어왔고, 탐나는 회사들도 몇 개 있었다. 그러나 확정되지 않은 상태에서 그 어떤 것도 할 수 없었다. 오직 기다리는 수밖에….

발표날이 다가올수록 활발했던 나는 점차 소심해지고, 자꾸 선생님들 눈치만 보기 시작했다. 그렇게 기다리고 기다려도 길게 느껴졌던 시간이 있었을까? 대체 얼만큼 더 기다려야 하는 걸까라는 생각을 할 즈음 그 날이 다가왔다!!!

오후가 지나야 합격자 발표가 이뤄진다고, 아직 안 나왔다고, 아침부터 교무실을 들락날락하는 우리 세 명을 선생님은 좀 얌전히 기다리라며 진정시켰다. 12시가 지나도 아무런 호출이 없다. 교무실에서 왜 아무런 답이 없지? 왜 오라고 안 하지? 점점 종례 시간이 다가온다. 오늘 안 나왔나? 오늘이 아닌가? 하루 더 기다려야 하나? 별의별 생각들이 머릿속을 간지럽혔다.

종례 시간에 담임 선생님이 들어왔고, 표정이 굳어 있으셨다.

"떨어졌나 보다…"라는 말이 내 입에서 튀어나왔고, 선생님은 좋은 소식과 나쁜 소식이 있는데 뭐부터 들을 거냐고 반 아이들에게 물어봤다. 난 귀를 막았다. 모든 반 아이들의 시선이 나한테 꽂혔고 담임 선생님 또한 날 쳐다봤다. 그 잠깐의 시간이 어찌나 숨 막히던지…. 모두의 시선 끝에 내가 있었다. 오늘은 내 발표날이었기 때문에…. 다들 궁금

해했다.

  적막을 깨고 "좋은 소식 먼저 들을래요!"라고 한 친구가 입을 뗐고, 담임 선생님의 시선은 나에게, 반 친구들의 시선은 담임 선생님의 입에 멈추었다. 크게 한숨을 쉬고 10초 정도 머뭇거리던 선생님이 말했다.

  "동그라미가 S사에 최종 합격했다!!!!!!!!!!"

  모든 반 애들이 소리를 지르기 시작했다. 옆 반에서도 다들 놀랄 만큼 미친 듯이 소리를 질렀다.

  나는 담임 선생님을 보며 믿지 못하겠다는 듯 굳어 버렸다.

  '내가?? 나?? 나요??? 저요??'

  모든 애들이 너무 축하한다며 한 번씩 내 어깨를 치기 시작했다. 그때의 소름과 반 아이들의 소리는 수십 년이 지난 지금도 머릿속에서 잊히지 않는다. 자리에서 일어설 수가 없었다. 최종 면접에 갔던 세 명 중 다른 애들이 떨어지고 나 혼자만 붙은 것이다. 나보다 더 쟁쟁했던 그 친구들…. 그들이 우리 반에 와서 축하한다며 고생했다고 다독여 줬다. 이상한 느낌이었다. 내가 뭔가 해냈다니…. 나 혼자 뭔가를 해내다니!!

  아, 그럼 나쁜 소식은 뭐였냐고?

  "바로 내일부터 중간고사다 이놈들아!"라고 말씀하시던

담임 선생님…. 저 평생 잊지 못합니다.

하교하는 길에 모든 선생님과 친구들이 축하한다고 말해 준다. 심지어 다른 학교에서도 "동그라미가 혼자 붙었다며? 걔가 누구야?", "아! 나 걔랑 중학교 때 친구였어", "나 지금 걔랑 같은 반이야" 등등 되레 반 애들이 나를 자랑스럽게 여겼다. 나를 왕따 시켰었던 친구들이 나를 자랑스러워한다. 다른 학교에서도 찾을 만큼 내가 핫해졌다. 너희들이 그렇게 나를 왕따 시켰어도 버텨 냈었던 내가 그 아이들 사이에서 빛나고 있었다. 너무 신이 나서 발걸음 가볍게 집에 갔다. 엄마가 있는 매표소 먼저 갔다. 얼굴은 웃으면서 목소리는 침착하게 엄마한테 말했다.

"나 합격했어…. 대기업…."

나를 한 번 돌아보고 환하게 웃는 엄마. 그럴 줄 알았다며 잘했다고 꼬옥 안아 준다.

입사는 내년이었지만(몇 달 남았지만), 바로 그 다음 날에 떡을 맞추고 선생님들한테 하나씩 돌렸다. 각 교무실을 돌며 모르는 선생님들부터 교감, 교장 선생님까지!! 다들 내가 지나만 가도 내가 누군지 안다. 와… 이런 느낌 참 이상하네!! 아빠도 곧 내 합격 소식을 듣기 시작했고, 내 통장은 내가 관리한다는 내 말에 일절 자금에 참견하지 않았다.

'대기업이라는 힘이 세긴 세구나! 이제 나에게도 힘이 생기는구나!'

합격 발표 이후 약 3~4개월을 학교를 다녔고, 대학 가는 친구들 옆에서 공부도 도와주며 하루하루를 보냈다.

'빨리 돈 벌고 싶다. 빨리 내 회사에 가고 싶다.'

내가 아무리 급했어도 회사에서는 빨리 불러 주지 않았다. 정해진 교육이 있었고, 합숙이 있었고, 절차가 있었다.

그동안 작은 철판으로 된 그 매표소 안에서 아빠의 횡포는 점점 심해지기 시작했다.

엄마가 언젠가부터 우울증 약을 먹기 시작했고, 세모는 엄마, 아빠에게 말도 하지 않은 채 회사를 다니다가 그만두다가를 반복하기 일쑤였고, 네모는 커 갈수록 나쁜 친구들과 어울려 몰래 담배를 피우고, 오토바이를 타기 시작했다. 저녁 매표소 문 닫고 돌아온 아빠는 더 예민해져서 자기 전까지 엄마를 괴롭히기 시작했다. 저녁 11시에 집에 와서 12시까지 사람을 들들 볶다가 아빠 혼자 잠을 잔다. 집에 있는 담배 한 보루 등을 집어 던지며 엄마한테 화를 낸다. 그러면 나는 몇 번 지켜봤다가 그만하라고, 사람이 잠은 자야 할 거 아니냐며 아빠와의 싸움을 시작한다.

유일하게 싸울 수 있는 힘을 가진 동그라미. 대기업이란 이름을 등에 업어 힘이 커진 동그라미.

  그런 나를 세모와 네모는 고깝게 보기 시작했다. 그들의 자격지심은 극에 달했다.

  서로가 서로를 모른 척하는 우리집.

  1평 남짓한 매표소 안에서도 엄마를 지지고 볶는 아빠. 온갖 욕설과 폭행으로 꽉 채워져 버린 매표소 안에서 엄마의 비명을 들어줄 사람은 없었다. 버스 카드를 충전해 주면서 왜 웃냐고, 왜 꼬리를 치냐고, 되도 않는 말로 꼬투리를 잡아 엄마의 피를 말렸다. 첫째 세모는 내 딸이 아니다, 그때 네가 집을 나가지 않았느냐, 딴 사람 씨앗이다, 그런데도 여기서 그렇게 남자들을 꼬시려고 몸이 닳았느냐라고 말하며 여자로서의 엄마마저 부정하고 있었다. 세모는 3~4번 입사했다 퇴사했다를 반복했고, 네모는 저녁 늦게 경찰서에서 전화가 오고, 가방에서 담뱃갑이 한두 개 발견되기 일쑤였다.

  엄마의 모든 게 무너지고 있었다.

  그녀가 기댈 수 있는 곳은 하나도 없었다. 그녀를 위해서 내가 강해져야 했다.

3.
△●□

: 흑화된 동그라미

 첫 회사, 첫 입사 이후 회사에 적응하기까지 정말 많이 힘들었다. 나 혼자 우는 날도 많았고, 맨날 퇴근이 늦어 밤 늦게 가기 일쑤였다. 일도 많고, 이해는 되지도 않고, 배웠던 거랑 현장은 틀리고, 선배들은 바빴고, 나도 뛰어다니느라 바빴다. 한번은 발 아래 있는 전선을 잘못 건드려서 한참 일하고 있는 7~8명의 선배님 및 파트장님의 전산을 꺼뜨리기도 했고, 법인 카드를 쓰고 미처 처리를 하지 못해서 경리 선배님한테 내려가 사업부에 정정 신청을 하고 호되게 혼났던 적도 있었다. 마음이 독하지 못해서 안 된다고 거절의 말을 잘 못했고, 어디든 휴가로 비는 자리가 있으면 땜빵으로 마감도 많이 다녔다. 엄마보다 나이 많은 명인님들에게 혼나기도 하고, 조회를 하러 나가면 괜히 질질 짜고 나오고, 딸 같은 애가 고생한다며 안타깝게 봐 주는 분들도 계시며, 고객이 기분 나빠했다며 사과해라, 저 여사원 때문에 이렇게는 못 다니겠다 등등 많은 문제와 부딪혔다. 하지만 세모처럼 힘들다고 그만둘 수 없었다. 매달 통장에 찍히는 월급이 내 힘이었고, 집에서 내가 힘들어하는 모습을 보일 수 없었다.

죽어도 집에서 회사 일로 울지 않았다. 엄마가 점점 나에게 기대기 시작했다. 그 여린 여자가 기댈 수 있는 것이라고는 대기업에 막 입사한 딸내미 단 하나였기 때문이다.

입사 1~2년 차가 되고 어느 정도 돈을 모으고, 엄마, 아빠한테 다르게 용돈을 주었다. 큰돈을 쓸 줄 몰랐던 우리 집 사람들은 10~30만 원도 크게 여겼다. 나한테도 큰 자금이었다. 그보다 더 많은 돈을 받고 있었지만 모으기에 급급했고, 내가 쓸 돈은 한정되어 있었다. 나도 내 물품을 살 수 있었고, 돈 때문에 치사하게 굴던 세모랑은 그때 이후로 한마디도 하지 않았다.

더하면 더했을 아빠의 지랄력은 엄마랑 둘이 있을 때 최고점을 찍는다. 대기업 다니는 딸내미가 집에서 잠을 못 자면 안되니, 작은 매표소 안에서 더욱더 엄마에게 화풀이를 시작했다. 집에선 안방 문이 닫히면 그때부터 조곤조곤 엄마에게 스트레스를 주기 시작했다. 제발 잠을 자게 해 달라고 부탁하는 엄마는 약국에서 수면 유도제를 사 왔고, 우리는 아빠가 오기 전 매실물과 함께 타서 저녁에 마시게 했다. 항상 뭘 먹고 드러누워 처자니까 소화가 안되는 건데 매표소가 힘들어서 소화가 안된다며 저녁마다 매실물을 타 놓으라고 했고, 거기에 수면 유도제를 녹여 얼른 자게 했다. 그런데 약도… 몇 달, 몇 년 먹다 보면 내성이 생기는 법. 점점 잠에 드는 시간이 느려지기 시작했다. 눈치채지 못하게 약을 늘려 보기도 했다. 걷잡을 수 없는 언어폭력과 폭행에 나는 엄마에게 인터넷으로 구매한 녹음기를 쥐어 주었다.

  방법을 찾아야 했다. 이렇게 계속 살 수 없다. 증거를 모아 두자.

  머리가 커진 만큼 방법을 물색해 보자. 세상은 넓고 방법이 많다면 끝까지 알아보자.

  사람답게 살고 싶었다. 여느 가정처럼 정말 평온한 하루를 보내고 싶었고, 더 이상 덜덜 떨기 싫었다. 어렸을 때부터 써 온 나 혼자만의 일기장엔 아빠가 빨리 죽었으면 좋겠다라는 말밖에 없다. 현실을 부정하고 싶었다. 그래도 꽤 괜찮은 집이지 않을까? 아빠만 빼면….

  100년 만에 온다는 별똥별을 볼 때도, 소원을 비는 그 어떤 날만 다가오면 빌고 또 빌었다. 제발 아빠가 이 세상에서 사라져 버렸으면 좋겠다고 말이다. 아빠로 인해서 모든 가족들이 기가 죽고, 모든 이들의 세계가 좁혀져 버렸다. 난 여기까지라는 생각에 갇혀 살게 되었고 그 이상을 넘을 수가 없었다.

뭐든 우리 가족은 못하는 사람들, 자신감도 돈도 없는 사람들이었으니까….

내가 입사한 지 만 2년째가 되는 날….

아빠의 술주정은 도를 지나쳤다.

더 이상 지켜볼 수도, 놔둘 수도 없이 7시부터 시작된 아빠의 병나발은 끝날 줄을 몰랐고, 가게 문을 닫으러 나가지도 않았다. 엄마 혼자 그 밤에 문을 닫고, 아빠의 술주정을 받으러 집에 들어왔다. 집에 있는 세모, 네모는 부들부들 떨기 시작했고, 나는 숨을 죽이며 미친 듯이 검색하기 시작했다. 이렇게 살지 말자. 아빠는 때릴 거같이 입술을 깨물고 손을 획획 들기 시작했고, 욕설을 씨불여 댔다. 엄마에게 제대로 안 한다며 엄마의 허벅지를 걷어찼고, 엄마는 억 소리를 냈다. 도대체 뭘 잘해야 했을까. 얼만큼 더 잘하길 바랐을까…. 엄마가 아파서 다리를 질질 끌면 아픈 척한다며 욕을 하기 시작했다. 잔뜩 취한 채로 라면을 끓인다며 가스 불에 다가가고, 내가 그만하라고 하자 라면 끓인 걸 나에게 쏟아부으려 했다. 저건 사람이 아니다. 인간도 아니다. 아무리 술이 사람의 자제력을 잃게 만든다고 해도 이러면 안 되는 거였다.

  엄마, 세모, 네모에게 동의를 얻었다.

  일을 벌일 거다. 그럼 모두의 도움이 필요하다. 나에게 도움을 주겠냐고 물어봤다. 겁에 질린 모두는 알겠다고 했다. 이 날은 주말도 아니고, 평일이었다. 12시까지 난동을 부리는 걸 참을 수가 없었다. 내가 유일하게 할 수 있었던 것은 정신 병원에 아빠를 강제 입원시키는 것. 가족 2인의 동의만 있으면 가능하다고 한다. 인터넷에서 후다닥 찾은 연락처로 문자를 보냈고, 우리 집 앞에 오기까지 약 30분 가량이 걸렸다. 술에 잔뜩 취해 곯아떨어진 아빠. 술 냄새가 온 방에 진동을 했다. 아빠 이외에 모두가 잠들지 못하는 밤이었다. 그들은 포박하는 거에 동의하냐고 물어봤다. 아빠의 체격이 꽤 됐던지라 성인 세 명이 올 것을 부탁드렸고, 우리는 그 모든 것에 동의를 했다. 새벽 1시 15분이 지났을 때 잠겼던 문을 그분들에게 열어 드렸다. 그 이후부터 순식간에 일이 진행되었다. 장정 세 명이 누워 있는 아빠를 일으켜 세우며 움직이지 못하게 꽁꽁 묶었다. 갑자기 자다가 봉변을 당한 아빠는 "세모 엄마…. 무슨 일이야…. 이 사람들 뭐야…. 세모 엄마….”라는 말을 끝으로 끌려 나갔다.

  그 누구도 잊지 못하는 그날 밤 아빠의 음성.

  한참을 네 명이서 덜덜덜 떨었다. 아빠가 잡혀갔어. 아빠가 갔어. 내가 무슨 짓을 한 거지?

  그날 밤 아무도 잠에 들지 못하고 밤을 꼴딱 새워 버렸다. 나는 처음으로 회사에 몸이 아파서 가지 못한다고 연차를 쓰겠다고 했다. 큰 두려움이 나를 덮쳤다. 이게 무슨 일이지…. 어떻게 해야 하지 등등 많은 생각이 머릿속을 괴롭혔고, 밤 꼴딱 새운 그날 아침이 되어 아빠가 있는 병원에 도착해서 확인서에 사인을 하고 결제를 했을 때 비로소 정신이 번쩍 들었다. 엄마와 둘이 간 병원에 의사에게 여태까지의 아빠의 폭행, 알코올 중독, 언어폭력, 그리고 녹음한 모든 것을 들려주었고, 알코올 중독 치료와 의처증 치료를 요청했다. 모든 아빠 관련 연락은 나에게만 해 달라고 했고, 입원비 결제나 간식비 송금 등 필요한 건 뭐든지 엄마가 아닌 날 통해서 연락을 달라고 했다. 아무 신경도 쓰게 하고 싶지 않았다. 일주일 정도 지났을 때 비로소 우리 집은 작은 행복들을 누리기 시작했다.

  근데 그거 아는가?

  참으로 웃기게 아빠가 없어지자 집에 있던 모든 전기 가

전이며, 수도며 마치 수명을 다했다는 듯 한꺼번에 고장 나기 시작했다. 생각해 보니 무언가를 고칠 수 있는 사람이 없었다. 전기를 만질 수 있는 사람도, 수도를 만질 수 있는 사람도….

하루만에 아빠가 사라졌다. 조용한 시간이 흐른다. 아빠의 흔적을 하나둘 지우기 시작했다.

세상은 아무렇지도 않게 돌아갔다. 한 사람이 사라졌는데 남은 가족들이 소소한 것 하나하나에 웃기 시작했고, 감정을 표현하기 시작했다. 중간중간 아빠는 어디 있냐는 주위 사람 물음에 시골 갔다고 대답만 할 뿐 그 외에는 더 이상 말하지 않았다.

경찰이 아무것도 아니란 걸 알았던 건 아빠를 입원시키기 전이었다.

가정 폭력으로 신고하려고 한다니까 그건 집안일이라며, 경찰은 집안일에 아무런 도움을 줄 수가 없다고 했다. 이건 가정의 문제이니 다른 곳을 연결해 주겠다고 한다. 하지만 연결된 곳에서도 해답을 얻을 순 없었다. 가정 폭력도, 자녀 폭력도 다 집안일일 뿐 관련이 없다고…. 그 옛날부터 2000년대가 넘어가기까지… 새천년이 온다고 만세를 불렀고 세상은 달라질 거라 생각했지만 변한 건 아무것도 없었다. 각 가정마다 폭력이 넘쳐 났고, 그저 가정 폭력을 집안일로만 치부해 버리는, 집안일은 쉬쉬해야 한다는 그 거지 같은 생각이 각 집안의 폭력을 키워 왔다.

남의 집안일이 입 밖에 오르내리기 싫어했던 한국의 개떡 같은 옛 습관들이 아직도 남아 가장의 폭력을 키워 댔고, 가장이 없으면 여자 혼자 애들은 어떻게 할 건데?라는 사회적 편견들이 그 폭력적인 가장들에게 울타리를 만들어 줬다. 멈추지 않았다. 많았으면 더 많았지, 줄어들지 않는 가정 내 폭력. 내가 아니면 살아갈 수 없는 어린 자녀들을 마치 장난감마냥 던지고, 때리고, 말을 듣지 않는다며 욕하고 무시하고. 성인인 여자는 아무것도 할 수 없는 존재라며 무시하고 성적 욕구만 풀어 버리는 도구로만 사용하고, 맘에 들지 않으면 또 한 번 때리는 게 시작된다.

그런데 그들도 알았을까? 그런 아이들도 어른이 되고, 본인들은 늙는다는 것.

당장 미래를 내다보는 어른이었다면, 본인의 젊음이 오래되지 않는다는 것을 본인들의 부모를 통해서 봐 왔을 텐데…. 역시 배움이 모자라서… 혹은 멍청해서 잘 모르나 보다.

내가 세상을 바꿀 수는 없었다. 아무리 네이버에 가정 폭력이라는 단어가 수십 개 난무해도 국가 공권력이 막아 줄 수는 없었다. 누구라도 도와주길 바랐다. 가정 폭력자들은 겁이 많아 본인보다 약하다고 생각하는 사람들에게 폭력을 쉽게 행사하기 마련이니까 계속 이러시면 큰 벌을 받을 수 있다고 겁을 주길 원했다. 하지만 그건 나 또는 인터넷상의 자식들의 바람이었고, 미성년자 혹은 막 성인이 된 자녀들이 할 수 있는 일은 나와 같은 방법을 택하는 것밖에는 없었다.

  자녀들은 부모를 보고 배우고 자란다.

  아빠가 행했던 폭력은 그대로 아들이 배우고, 아무것도 못하는 엄마는 딸이 배운다. 그대로 대물림된다. 그토록 맞기만 했던 자녀가 극도로 싫어했던 폭력이 너무나도 쉽게 몸에 익혀진다. 보고 자란 게 그뿐이라 무의식 중에 뇌리에 박혀 화가 났을 때 나도 모르게 표현이 된다. 또 한 번의 전철을 밟게 된다. 그들이 성인이 되고, 부모가 된다. 그리고 그들의 부모는 늙어 버린다.

  2022년의 지금.

  자식이 부모를 죽이고, 폭행하는 사건이 심심치 않게 들린다.

  보이는가? 들리는가? 무서운가?

  이게 덮어놓고 뿌려 놓은 씨앗들이다.

가정 폭력에 대해 쉬쉬했던 공권력은 조금씩 움직이기 시작했다. 너무나 늦게 말이다. 그들은 어렸을 때 도움을 받길 원했을 것이고, 수없이 도움의 손길을 뻗었지만… 잡아 주는 곳은 아무 데도 없었다. 지금의 그들은 수십 년이 지난 지금 그때의 젊었던 부모가 그랬던 것처럼 똑같이 행동하는 것일 뿐…. 그래서 잘못인 걸 인지하지 못한다. 잘못한 게 없다고 느낀다. 그 부모가 그랬으니까.

아빠가 강제 입원이 되고 나서 점차 집은 안정이 되어 갔다. 엄마는 세모와 같이 가게를 돌봤고, 나는 열심히 회사를 다녔다. 그만둘 여건이 되지 않았다. 그만둘 수가 없었다. 기력이 약해진 엄마를 돌봐야 했고, 나는 엄마에게 주기적으로 한약을 지어 주었다. 때마다 사용하라고 용돈도 줬으며 하고 싶은 건 사양 없이 하라고 했다. 딸이 벌어 온 돈이라고 아까워서 안 쓸까 봐 매달 통장에 돈이 남으면 다음 달 용돈은 없다고 속삭였다. 매달 엄마 용돈 10만 원씩, 주기적으로 엄마의 한약 값은 30~40만 원. 아빠의 한 달 입원비 40만 원. 간식비는 별도로…. 아빠한테서 오는 연락 엄마한테 가지 않게 차단하기, 입원하면서 필요하다는 건 택배로 보내기. 한 달에 집에 드는 비용 약 100만 원만 포기하면 심적 안정을 얻을 수 있었다.

첫째 주는 죄책감에 마음이 불편했고, 둘째 주는 이렇게 사는 게 맞나 싶었고, 셋째 주는 점차 마음이 편해졌으며, 한 달 이후부터 남들처럼 집에서 하하호호 큰소리로 웃으며 살 수 있었다. 돈이 무조건 크게 나가는 것은 내 카드로 결제했고, 세모와 네모는 그런 나를 시기 질투했다가 이내 아빠가 없다는 것에 안정감을 느꼈다.

수없이 많은 비용이 들어가도, 일하는 와중에 아빠가 입원한 병원에서 연락이 와도 나만 불행하면 됐다. 내가 다 해결하면 됐다. 그러면 남은 가족들의 평안과 행복을 그대로 유지할 수가 있었다.

병원에서 연락이 올 때마다 무서웠다.

덩치가 크고 힘이 쎈 아빠였기 때문에 병원에서 탈출해 도망간 건 아닌지 매번 아빠가 잘 있는지 제일 먼저 확인했다. 혹시나 정신 병원에서 환자가 탈출했다는 뉴스를 간혹 듣게 될 때면 내심 불안해하는 엄마를 안정시키고 병원에 별도로 확인 전화를 했었다. 거긴 안전한 곳 맞냐고 되물으면서. 최대 6개월만 입원시킬 수 있는 강제 입원의 기준. 그리고 환자라는 이름 아래에 그들만의 인권이 있다고 주장하는 국가 인권 위원회. 모든 가족이 아니라고 하는데

도 같이 살아 보지도 않았던 그들은 법만을 운운하며 아빠의 인권을 들먹이기 시작했다. 울면서 물어봤다. 우리의 인권은 어디에 있죠? 아빠가 나와서 우리를 죽이면… 그제서야 우린 인권이 생기는 건가요?

이제야 인간답게 살기 시작했는데 뭐가 이렇게 개떡 같은지….

아무도 대답해 주는 곳이 없었다. 네이버도, 경찰도, 병원도 그 어느 곳도….

한참을 울고 생각했다. 법이 우릴 지켜 주지 않는다면 불법을 이용하자.

모든 죄는 내가 짓고, 내가 감수하면 된다. 엄마를 한번 더 괴롭힐 수 없었다. 이제야 작은 거 하나에도 웃고, 시간에 쫓기지 않으며, 급한 것이 없었다. 물을 엎질러도 괜찮다고, 큰일이 아님을 인지시켜 줬고, 놀라지 말라고 다독였다. 냄비를 태웠어도 불이 나지 않았음에 감사했고, 찌개가 싱겁게 됐어도 건강을 위해서 그냥 먹으라고 실실댔으며, 눈치를 보지 않고 먹고 싶을 때 치킨을 시켜 먹었다. 정말 아무렇지도 않은 것에 감사를 느꼈다. 이게 사는 거구나…. 이렇게 평안할 수가….

서로가 각자의 위치에서 도와주기만 하면 됐었다.

3. △●□ : 흑화된 동그라미

난 돈을 벌고, 회사와 맞지 않아 쉬고 있는 세모는 엄마와 같이 가게를 돌보며 여성 복지관에서 무언가를 배우러 다니기도 했다. 네모는 한참 고등학생 때를 잘 넘기는가 싶더니… 오토바이를 사 달라고 하질 않나, 자기 용돈벌이 한다고 몰래 오토바이 배달 알바를 시작해서 우리 몰래 크게 다쳐 오질 않나, 담배 냄새가 진동을 하질 않나… 또 몇 번 경찰서에서 전화가 오질 않나…….

네모가 조용하게 고등학교를 졸업하길 빌었다. 그래도 중졸보단 고졸이 낫지.

남자는 대학을 꼭 나와야 한다는 옛 어르신들의 말씀을 받들어 세모와 내가 그렇게 가고 싶어 하던 대학을! 거의 바닥이었던 성적에 맞춰 네모는 어떻게든 가게 된다. 개나 소나 다 간다는 대학을 성적이 넘치는 세모와 나는 가지 못했고, 황금 고추였던 네모는 갈 수 있었다. 한 학기 등록금이 500만 원이 넘었다. 한 학기만 다니고 네모는 군대에 입대할 준비를 시작한다.

그때 한창 군대에서 흉흉한 일이 많았던지라 걱정된 엄마는 네모가 아무 일이 일어나지 않게 제일 용하다는 점집을 찾아서 그들이 하라는 대로 했다. TV에도 나온 그 무당은 크게 굿을 해야지 아들이 아무 일이 없다며 500만 원을 제안했고, 엄마는 그대로 나에게 말해 주었다. 나에게도 한없이 컸던 500만 원. 엄마는 본인이 준비할 수 있는 돈은 얼마고, 나머지를 도와 달라고 했다. 그동안 돈에 쿨했던 나였는데 엄마가 저렇게 원하는데 거절할 수 없었다.

바로 이체해 주었다. 며칠이 지나고 네모는 입대를 준비했다.

미용실에 데려가 머리를 깎였고, 그때 한창 첫 연애 중이었던 나는 남자 친구의 차를 타고 엄마, 세모, 네모를 태워 포천으로 향했다. 입대 전 같이 밥을 먹었고, 나라의 부름에 따라 네모는 그곳으로 향했다. 그래도 입대하는 걸 볼 수 있어서 엄마는 너무 고맙다고 했었다. 2주쯤 흘렀을까? 자대 배치를 받기 전 1박 2일 휴가를 받게 되었고, 거기에 맞춰 다시 우리는 포천으로 출발! 근처에 숙소를 잡고, 네모가 나오기만을 기다렸다. 엄마가 제일 슬펐을 때가 군대에서 네모의 옷이 택배로 왔었을 때였다고, 눈물이 흐르며 슬펐다고 했다. 마음이 너무 이상했다고⋯. 그렇게 사고만 치던 아들이어도 엄마에게는 한없이 귀한 아들이니까⋯.

저 멀리서 네모가 군복을 입으며 다가왔고, 어색한 그 모습에 나랑 세모는 웃고 네모는 엄마 품에 안겨 울기 시작한다. 아직 시작도 하지 않은 군 생활인데 벌써 울면 안 되지.

고생 진탕하고 와라!!라고 강한 누나인 내가 힘차게 말해 주었다. 처음에 제일 먹고 싶은 게 짜장면이라고 했고, 들어가기 전보다 홀쭉해진 네모를 보며 엄마는 계속 얼굴만 쓰다듬었다. 안 그래도 집에서 풍족하게 먹여 보내질 못했는데 더 마른 아들내미. 저녁에는 고기를 구워 먹었고, 엄마 옆에서 떨어지지 않는 네모가 엄마 눈에는 마냥 애기로만 보였겠지. 다음 날 다시 들어가기 싫다며 찡찡대는 네모를 엄마는 꼬옥 안아 주고 나는 밝게 다시 보내 주었다. 여기서 하나 짚고 갈 것은… 저 숙박비, 점심비, 기름값, 모든 비용은 다 내 카드……. 그래도 좋았다. 엄마가 행복해 했으니까. 나는 그거면 좋았다.

자대 배치를 받고 글씨도 못 쓰는 네모가 자필로 편지를 써서 보냈다. 엄마는 한 자, 한 자 아껴 가며 읽었다. 운전병으로 배치됐다며 어떻게 보면 꿀보직이라며 한숨 놓으라는 네모의 편지에 엄마는 걱정을 조금 덜었다. 운전면허증도 없던 네모가 군대에서 운전면허증도 따 오고 점차 사람이 되어 갔었다. 귀한 황금 고추 아드님 고생하실까 봐 대기업 다니는 작은 누나는 큰 마트에 가서 20만 원어치 과자를 냉장고 박스에 가득가득 넣어 엄마, 세모, 나의 편지와 함께 택배를 보냈다. 택배가 군대에 도착할 때 즈음…

득달같이 사랑이 담긴 목소리로 전화가 온다. 작은 누나~~라고 닭살 돋게 전화를 한 네모는 본인이 여기서 스타가 됐다며, 너무너무 고맙다고 네모에게 처음으로 들었다. 그 후에 들은 이야기지만 한 2~3일 동안은 본인이 거의 왕 대접을 받았고, 선임들한테 많은 사랑을 받았다고 들었다. 심심하면 와서 이 과자, 저 과자를 먹어 대기 시작했고 먹성 좋은 대한건아들은 그 많은 걸… 금세 다 해치웠다고 했다. 누나 사진도 보냈는데… 왜 내 사진에 관련된 말은 없니? 선임들이 너 예쁘게 봐 달라고 사진 첨부했는데 버렸니? 예쁘게 나온 사진으로 골랐는데…. 그 이후로 사진에 대한 행방은 알 수 없었다. 또륵….

그 이후로 네모는 때만 되면 주기적으로 휴가를 나왔다. 한두 번 나올 때는 감격해서, 혹은 기특해서 친구들이랑 놀라고 용돈을 줬지만 이게 나중엔 버릇이 되더라. 아니 왜 이렇게 자주 나오는 거야!! 엄마마저 너무 휴가 자주 나오는 거 아니냐고, 그냥 군대에서 나오지 말고 말뚝 박으라고 할 정도였으니…. 처음 들어갔을 때와는 다르게 애가 점점 살이 포동포동 오른다. 나중엔 맡겨 놓은 듯 용돈을 달라고 했고, 혹시나 일을 칠까 봐 엄마는 뒤로 조금씩 더 용돈을 쥐여 줬다.

3. △●□ : 흑화된 동그라미

난 중간중간 엄마를 데리고 여행도 갔었다. 제주도도 가고, 일본도 가고, 아참, 네모가 군대 가기 전에는 엄마랑 셋이서 필리핀도 갔었구나! 엄마의 멘탈 관리, 건강 관리, 내 관심은 오로지 엄마였다. 시간은 빠르게 흘러갔고, 다들 지금의 편안함에 길들여졌을 때 즈음 네모가 전역했다. 전역하자마자 스마트폰을 사 달라며 울고불고한 건 정말 좀 아니다 싶었지. 다시 대학을 가라고 다독거렸고, 네모는 차라리 그 돈으로 스마트폰을 사 달라며 말도 안 되는 고집을 부렸다. 더는 받아 줄 수 없었다. 전역을 하고 나서 더 술을 진탕 먹고 술주정을 부렸으며 아빠가 했던 것과 똑같이 하기 시작했다. 대학은 갈 생각도 없어 보였고 그런 네모를 마냥 봐줄 수 없었다.

언제나 악역은 동그라미로부터!! 한 번 눈이 돌아 버린 난 술 취한 네모를 넘어뜨렸고, 때리고, 크게 소리를 지르며 욕을 했다. 한 손엔 부엌 식칼을 들고 안방에 네모를 가두고 나도 들어가 있는 그 상태에서 문을 잠갔다. 네모는 살려 달라며 부르짖기 시작했다. 널 인간으로 만들기 전까진 문 못 열어 준다. 쥐 패고 정신 차리라고 소리를 쳤다. 그렇게 정신 교육을 하고 나면 한 달 동안은 조용했다가 다시 또 본인을 조절하지 못하고 이기지 못할 만큼 술을 퍼 마시고 아침에 들어온다. 막연했겠지. 당장 뭘 해야 할지도 몰랐겠지. 그렇지만 네모한테 크게 뭘 기대하거나 그런 건 없었다.

 이미 그런 역할은 내가 하고 있었기 때문이다. 아빠만 닮아 가지 말라며 술 좀 조절하라고 수없이 패고, 경찰을 불러 겁을 줬고, 칭찬할 만한 일이 있으면 용돈을 쥐여 줬다. 마땅히 할 일이 없던 네모는 다시 오토바이 배달을 하기 시작했고, 난 말리지 않았다. 중간중간 지인을 통해 회사에 입사해 보라고 권했지만 현재 하고 있는 알바가 더 돈을 많이 번다며 위험성은 높지만 계속 오토바이를 탄다고 했다. 나중에야 네모가 자고 있을 때 무릎과 허벅지의 흉터들을 보고 이게 뭐냐고 물었고, 알바하다가 사고가 나서 다쳤다는 것을 듣고 마음이 쿵 내려앉더라. 그때 가족들이 걱정할까 봐 알리지 않았고 응급실은 비싸서 그냥 동네 병원 한두 번 갔다 왔다고 했다. 그렇게 멍청한 게 내 동생 네모이다.

 그렇게 각진 네모를 열심히 때려 부수며 모난 걸 없애기까지 많은 시간이 걸렸고, 시간은 빠르게 흘러 7년이라는 시간이 지났다.

 그 중간에 세모와 큰 싸움이 있었고 아빠에 관련된 모든 일은 결제를 빼고 세모가 맡게 되었다. 내가 시작과 3년을

맡았고 나머지 4년의 세월은 세모가 하게 되었다. 세모는 나에게 엄마 때문에 공부도, 회사도 다닐 수 없다며 자기가 왜 그 좁은 철판 매표소에서 답답하게 갇혀 있어야 하냐며 시비를 걸기 시작했고, 그럼 니가 입사해서 돈을 벌어라! 내가 엄마랑 매표소를 돌볼 테니!라고 언성을 높이며 싸우기 시작했다. 하지만 세모는 회사를 다니기 싫어했다. 오로지 그냥 편하게 '공부'라는 핑계로 쉬고 싶어 했다. 아빠 병원을 겪는 게 얼마나 힘든지 네가 해 보라며 모든 연락을 세모 네가 받으라고 했다. 엄마에겐 어떠한 연락도 가게 하지 말라며 네가 한 번 견뎌 보라고 떠넘겼다. 일을 다니지 않던 세모는 병원 관련 결제를 할 수가 없어 나는 내 카드를 넘겨주었다.

  나도 안다.

  매표소가 얼마나 좁고, 답답하고, 힘든 곳인지.

  1평도 되지 않고 온 주위가 철판때기로만 되어 있는 그곳은 별도로 전기를 달아 놔도 어둡고, 사람이 좁은 데 계속 있게 되면 일명 '지랄병'이라고 온몸에 근육과 관절들이 답답해서 미치는 경험을 하게 된다. 안이 좁아서 밖으로 나와 기지개를 켜고 하루 종일 라디오를 들으며 멍청하게 앉아 있어야만 하는 그런 곳이다. 겨우 두 사람이 앉아 있을 수 있는 그런 곳에서 엄마는 덩치가 큰 아빠랑 있을 때 항상 가장 구석에 쪼그려 있었다고 한다. 사방이 철판인 그곳은 여름과 겨울이 되면 제일 문제였는데 난방은 어찌어찌 해결했지만 더위는 해결하지 못하였다. 한낮에 해가 내리쬐면 그대로 달궈진 철판 안 매표소는 안에 있는 껌도 녹을 정도로 더웠으니 말이다. 우리 집에도 없는 에어컨을 매표소에 먼저 설치해 줬고, 그나마 여름에 숨을 돌릴 수 있었다. 그래도 전기세 많이 나온다며 고작 몇 분만 켜고 이내 춥다고 후딱 끄는 엄마에게 전기세 내가 낼 테니 제발 더위 먹지 말라고 그렇게 한소리 했다. 중간중간 엄마는 몸이 약해 갑자기 쓰러졌고, 머리를 감싸며 너무 어지럽다 하여 바로 대학 병원 응급실에 가 MRI를 찍고 증세가 호전될 때까지 삼 남매 모두 옆에 있었다. 세모도 있었고, 네모도 있었지만 결제할 땐 다들 모른 척하고 나만 바라보기 시작했다. 약 50만 원을 한 번에 결제했고 아무렇지도 않다는 의사의 말을 듣고 집에 갈 수 있었다. 그 이후로 몇 번 갑자기 엄마가 쓰러졌는데… 여전히 이상은 없었다. 이제 와서 드는 생각이지만 그건 쓰러진 게 아니라 공황 발작이었던 거 같다. 엄마는 아빠가 없는 와중에도 신경이 곤두서 우울증 약을 복용해야지만 잘 수 있었고, 작은 소리에도 잠자리를 뒤척였다. 아무리 몸에 좋은 걸 먹여도 한 번 버려진 신경은 돌아오지 못했다. 조금이라도 더 편하게, 푹 자게 해 주고 싶었다. 그래도 잠깐을 눈 붙여도 내 옆에서는 스르륵 잠이 온다는 엄마를 보며 마음이 저릿했다.

첫째도, 아들도 아닌 난 엄마를 돌봐야 하는 게 오로지 목표였다.

첫째인 세모는 능력이 없었고, 아들인 네모는 능력도, 철도 없었다. 엄마도 나에게 점점 모든 걸 기대기 시작했고, 그게 점점 나에게 부담이 되어 갔다. 내가 1박 2일 집을 비운다고 하면 엄마는 언제 올 거야? 몇 시에 가는데? 몇 시에 와? 내가 어딜 가던 집착 아닌 집착을 하기 시작했다. 점점 부담이 된다고 해도 난 엄마 마음만 편하다면, 그렇게 해서 도움이 된다면 감수하기로 마음먹었다. 아주 작은 것도 나한테 허락을 받고 사는 게 속상해서 이런 건 사고 싶으면 사도 된다고, 나한테 동의를 받지 않아도 된다고 짜증을 낸 적도 있다. 엄마한테 한 달 10만 원의 용돈을 주면 그 카드 내역은 모두 다 ○○정신과, ○○내과, ○○치과 등 엄마는 병원을 간 내역 아니면 마트에서 구입한 내역밖에 없었다. 그때 즈음 세모도 우울증이 있어 약을 먹는다는 걸 지나가는 엄마의 전화 통화 이야기로 듣게 되었다.

나는… 이해가 가지 않았다.

나는 모두에게 자유를 주었다고 생각했다. 아빠만 없으면 다들 행복해질 거라 생각했다.

엄마를 도와주고, 삼 남매 모두 열심히 살 수 있을 거라 생각했다. 그런데… 이건 나만의 착각이었나….

7년 동안 아빠가 병원에 강제 입원해 있었던 그 기간 동안, 1년 차엔 평범함에 적응했었고, 2년 차엔 슬슬 자유롭기 시작했으며, 3년 차엔 집에서 TV를 보며 웃어 젖힐 수 있을 만큼 집 밖으로 웃음소리가 새어 나오기 시작했다. 4년 차엔 엄마와 함께 해외로 여행을 다닐 수 있었고, 5년 차엔 그 자유로움이 너무 당연해졌고, 6년 차엔 점차 조금씩 불만들이 생겨났으며, 7년 차에 그 모든 게 끝나 버렸다. 세모는 더 이상 아빠 병원을 돌보지 않았고, 연락도 받지 않았으며 때마침 아빠도 병원에서 강제로 퇴원을 하게 되었다.

아빠에게만 있었던 인권. 무참히 깨져 버린 우리 집 그 모든 것….

병원에선 일주일 이내로 퇴원해야 한다고 했고, 아빠를 데리러 오라고 했다. 모든 게 너무나 혼란스러웠다. 내가 여태까지 지켜 왔던 게 한순간에 깨져 버린 느낌이었다. 강제 입원시킨 게 딴살림 차린 엄마라고 생각하고 있는 아빠가 이제 곧 집에 온다니…. 온갖 무서움이 나에게 들이닥쳐 전화를 끊자마자 온몸이 후들들 떨렸다. 겁이 많은 세모와 엄마가 이 집에 있으면 안 됐다. 아무런 계획 없이 아빠의 퇴원 일자만 받아 놓은 상태에서 하루하루 시간은 너무 빨리 지나갔다. 이젠 엄마와 세모의 흔적을 집에서 지워야 했다. 여성 기관에 있겠다고 한 엄마와 세모는 모든 짐을 다 싸서 집을 나갔다. 그 집엔… 이제 네모와 나뿐이었다.

 되도록 집에서 먼 병원에 입원시킨 아빠를 데리러 네모와 난 토요일에 지하철 여행을 시작했다. 병원에서 퇴원한 아빠는 퇴원 서류를 작성하는 나와 네모를 보고 이제 자기 퇴원한다며 병원에 있는 도우미 선생님에게 자랑하기 시작했다. 도우미 선생님은 이제 이런 곳 오시지 말라며 가족들하고 잘 사시라고 악수를 하며 아빠에게 한마디를 해 주셨다. 몇 년이 지났어도, 아빠를 마주한 나와 네모는 속으로 달달 떨기 시작했다. 다리가 떨리고 무서웠지만 아빠한테 티를 내면 안 됐다. 7년만에 밖에 나온 아빠는 이제 달라질 거라며 앞으로의 삶을 열심히 살겠다고 말했다. 그날 저녁 네모와 난 각자의 방에서 잠을 잘 수가 없었다. 혹여나 퇴원한 아빠가 앙심을 품고 우리가 자는 시간에 죽일 수도 있을 거라 생각해서 서로 하루도 맘 편하게 잘 수가 없었다. 너무나 무서운데 같이 있을 수밖에 없는 그 느낌을 아는가….

집으로 온 아빠는 나와 네모의 방을 빼고 모두 싹 정리해 놨다. 퇴근해서 집에 오면 냉장고를 정리했다, 거실을 정리했다 하며 칭찬을 바랐고 깔끔해졌다며 나는 칭찬을 해 주기 시작했다. 하지만 그 모습도 일주일 정도 갔을까? 점차 본성을 드러내는 아빠로 되기까지 오래 걸리지 않았다.

집 안에 일부러 큰 칼과 위험한 공구는 아빠 퇴원 전에 미리 싹 버렸다. 혹시나 무슨 일이 있을까 싶어 그냥 치워 버렸다. 난 금요일마다 퇴근할 때 마트에 들러 과일, 고기, 냉동식품 등등 가득 사 들고 집으로 갔다. 뭘 이리 많이 사 오냐고, 언제 다 먹냐고 했던 아빠는 이내 이거 먹고 싶다, 저거 먹고 싶다며 조금씩 바라기 시작했고, 점점 돈 요구도 하기 시작했다. 아빠가 병원에서 퇴원했을 때 병원 안에서 다른 이들을 도와주며 돈을 벌어 놓았고, 그 돈을 혼자만 알게 숨기려다가 내가 보게 되었다. 그 금액만으로도 50~60만 원정도 되었고, 당장 아빠가 돈이 필요할 일은 없었다. 아빠는 점차 돈에 집착하기 시작했다. 갑작스런 아빠의 퇴원으로 그 평안했던 7년 동안 아빠 명의로 되어 있던 적금 등을 깨서 엄마 이름으로 돌리지 못한 게 정말 억울했다. 평생 아빠가 퇴원하지 못할 거라 생각했고, 안일했다. 아빠 명의 통장에 수천 만원, 우리 어릴 적에 먹고 싶다는 거, 학원 보내 달라는 거, 하고 싶다는 거 다 돈 없다며 징징대는 우리를 뿌리치고 그렇게 꼬박꼬박 넣었던 아빠 국민연금, 그리고 개인연금…. 그 모든 게 아빠 명의로 아직 남아 있었다. 그러면서도 아빠는 내 돈에 욕심을 내기 시작한다.

　난 중간중간 엄마와 연락하며 집에서 있었던 일을 이래저래 말해 준다. 아직도 나에겐 엄마가 필요했고 돈만 벌 줄 알지 집안일은 전혀 안 해 본 난 세탁기도 돌릴 줄 몰랐고, 전기 밥통으로 밥도 할 줄 몰랐다. 내가 할 줄 아는 건 오직 결제하는 것뿐이었다. 그나마 군대 다녀온 네모가 그런 것들을 할 줄 알았고 네모한테 집안일을 배우기 시작했다.

　한 달이 지났다. 사람은 고쳐 쓰는 게 아니라고 했지. 천성은 바뀌지 않지.

　아빠가 돌아왔다. 완전체로…. 자기 명의로 남아 있는 돈을 확인했고, 한 달 내내 엄마에 대한 욕을 하기 시작했다. 자기가 입원하게 된 건 바람난 엄마가 다른 남자와 짜고 입원시킨 거라며 혼자 소설을 쓰고 있었다. 듣는 둥 마는 둥 그냥 내버려 뒀다. 거기에 말을 보태는 거 자체가 어차피

싸움이 되기 때문이다.

한번은 내가 집에서 출근하러 계단을 내려가다 크게 넘어져 발목이 확 돌아가 버렸다. 앞에서 말했듯 우리 집은 2층이고 내가 몇십 년을 오르내리던 이 계단에서 자빠졌다는 게 너무 이해가 안 갔다. 다시 집으로 돌아갈 순 없었다. 그냥 싫었다. 일단 어떻게든 회사로 출근하고 연차를 내고, 병원에 가서 1박 2일 검사하기 위해 입원을 했다. 모든 걸 그냥 다 내가 했다. 입원 수속도 결제도 다 내가 했고, 모든 게 다 정리되고 아빠한테 연락하니 칫솔, 수건 등등을 챙겨 왔다. 하루만 있을 거니 걱정하지 말고 집에 가시라고 말했고, 다음 날 나는 발목 인대가 찢어졌다는 말과 함께 깁스를 하고 퇴원했다.

목발을 짚고 집으로 돌아온 나는… 아빠와 말싸움을 했다. 병원에 엄마가 왔었냐고, 그래도 자기가 아빠라서 어제 병원에 가서 결제하려고 하니 아까 어떤 분이 와서 결제 다 했다며 하실 거 없다고 하더라고…. 작은 병원도 아니고 입원실이 여러 개인 그 병원에 엄마가 와서 결제했다고 하며 나를 죽일 듯 째려봤다. 너무나 억울한 나는 핸드폰에 온 카드 결제 문자를 보여 주며 대체 왜 그러냐고, 병원에 나만 있는 것도 아니고 보통은 가족들이 결제해 주는 게 맞지 않냐고, 왜 간호사 말만 믿냐고, 다른 사람하고 헷갈릴 수 있는 거 아니냐고 눈이 있으면 보라고 했다. 내가 직접 했고, 아빠한테 결제 따위 바라지도 않았고, 신경 쓰지 말라고 소리쳤다.

그게 시작이었다.

아빠는 매번 짜증을 내고 소리를 치며 화를 냈고, 네모는 구석에 처박혀 있었다. 더 이상 참을 수 없던 나는 아빠와 싸우기 시작했고 집에서 내쫓았다. 500만 원을 달라는 둥, 100만 원을 달라는 둥, 매표소에 자판기를 다시 사야 한다는 둥 자꾸 돈을 요구하기 시작했고, 가만있는 네모한테 먹을 걸로 눈치 주며 자기 아들 입으로 들어가는 것보다 자기 입으로 들어가는 걸 소중하게 여기기 시작했고 점점 욕심내기 시작했다.

아빠 한 사람으로 인해서 깨져 버린 내 평화…. 자기 자식보다 본인이 더 중요한 사람.

11월의 어느 날 밤….

욕과 괴성이 난무한 악을 쓰며 소리를 질러 댔다. 당신이 아빠냐며 당장 집에서 나가라고 소리쳤다. 네모는 그래도 11월에 어떻게 내쫓냐며 이불이라도 줘야 하는 거 아니냐고…. 문 열어 주자고 했지만 난 아빠를 내쫓고 바로 열쇠

아저씨를 불러 열쇠를 바꿔 버렸다. 그다음 날 가지고 있는 열쇠로 집 문을 열려고 한 아빠는 열리지 않자 이 추운 날에 자기를 내쫓냐며, 어떻게 이럴 수 있냐며 문밖에서 소리쳤다. 집 안에 있는 네모는 문 열어 줘야 하는 거 아니냐며 두려움에 벌벌 떨기 시작했다. 나도 너무 무서웠지만 물러서지 않았다. 당신은 아빠도 아니고 사람도 아니라며 저리 가라고 소리쳤다. 나도 오장육부가 떨리고 목소리도 울먹이며 떨렸다. 근데 이 문을 열게 되면 다시 그 지옥이 시작된다. 아빠를 걱정하진 마라. 매표소 안에는 난방 시설이 되어 있다. 그리고 며칠 후에 가지고 있는 돈으로 집도 얻었다. 아빠는 나보다 돈이 많다. 본인도 곧 나갈 걸 알았는지 집에 있는 각종 용품들을 빼돌리기 시작했다. 점점 없어지는 집안 물품들… 어이가 없을 뿐이었다.

아빠를 쫓아내고 나니 이번엔 우리가 내쫓기기 시작했다. 10년 넘게 산 이 집이 재건축이 되어야 하니 한 달 이내로 이사를 가라고 법원에서 통보가 왔다. 부동산에 대해서 아무것도 모르는 나는 어떻게 이사를 가야 하는지, 어떤 준비를 해야 하는지…. 머리가 복잡해지기 시작했다.

힘든 일은 이렇게 한 번에 오게 되는 걸까…?

하필 이때 엄마와 연락이 바로바로 되지 않고, 난 회사를 다니며 집을 알아봐야 했고, 이사 업체를 알아봐야 했고, 네모를 챙겨야 했고, 모든 걸 나 혼자 해결해야 했다. 주위의 모든 집들이 하나둘 이사를 간다. 우리 집이 제일 마지막에 이사를 했으니…. 그동안 점점 어두워지는 동네를 보며 머리가 너무 복잡했다. 회사에선 고객한테 욕을 얻어먹고, 이사 날짜는 다가오고, 집은 정해지지 않았고, 엄마는 연락이 점점 되지 않고. 혼자 이 모든 게 너무 벅찼다. 나보고 어떻게 살라고 하는 건지? 세상 모든 게 무겁게만 느껴졌다.

저녁에 너무 답답해서 초등학교 운동장을 걸으며 회사에 친한 현미 선배한테 전화 걸어 두 시간 동안 울음을 토하며 너무 힘들다고 서럽게 울었다. 때론 네가 이렇게 연약하게 굴 때가 아니라고 정신 차리라며 우는 나에게 되레 호통을 쳐 주고, 때론 울지 말라고 다독여 주는 현미 선배가 있어서 버틸 수 있었다.

부모나 형제 복은 없어도 인복은 있는 나는….

그 시절에 급하게 알게 된 지인을 통해 이사 갈 집을 알아보게 되었고, 도움을 받을 수 있었다. 역에서 조금 거리가 있는 집이지만 나에겐 너무 소중한 내 전셋집…. 큰 금액이 오가고 집에 입주를 했다. 짐이 그렇게 많지 않은 터라 오전에 다 옮길 수 있었고 정리하는 데만 2~3일 걸렸다. 큰방은 내 방, 조금 작은방은 네모 방. 서로 각자의 방이 생겼고, 이사를 위해 2박 3일 휴가를 낸 나는 인생 처음으로 한 이사에 그다음 날 크게 몸살이 났다. 그래도 우리만의 공간이 생겼고, 한 달 내내 택배가 끊이지 않고 오며 집 안을 하나둘 채워 가기 시작했다. 그 전에 써 보지 않았던 침대도 구입했고, 화장대도 구입했다. 내가 이런 걸 쓰는 날이 오는구나….

네모도 접히는 침대를 써 보는 게 소원이라며 예전에 자기 친구가 이거 쓴 게 너무 부러웠다고, 자기가 알바한 돈을 나에게 쥐어 주며 쇼핑 장바구니에 넣어 놨으니 시켜 달라고 했다. 첫 이사라 가까운 떡집에서 작은 떡을 맞춰서 윗집, 옆집, 아랫집, 주인댁에 돌렸다. 나름 신나기도 했다.

이때까지만 해도 난 몰랐다. 내 정신이 죽어 가고 있는지를….

완전하게 이사를 다 마치고, 열쇠도 새로 달고, 혹시나 아빠가 찾아올까 봐 무섭긴 했지만 우선 큰일을 해결했다는 생각에 마음이 놓였다. 네모도 바닥이 아닌 처음 생긴 자기 침대와 옷장에 나름 벅차 하며 재미있어 했다. 나도 침대에서 잠을 청하는데 너무 낯설었다. 이게 내 방 침대라고? 눈을 뜨면 여기가 내 방이라고? 푸히히힛. 네모도 같은 마음이었을까? 이렇게 넓고 깨끗하고 정리된 내 방을 가진 이 마음. 뭔가 뿌듯하고 아늑한 이 느낌. 좋다.

그렇게 한두 개씩 살림을 쟁여 가고, 정리가 됐다고 생각할 때 즈음…. 네모가 은연중에 내게 말을 했다.

"누나 그래도 난 아빠 이해한다? 왜 그랬는지…."

너무나 당황해서 대답을 하지 못했다. 그렇게 불쌍하게 어린 시절을 보내고, 그래도 같은 남자로서 다 이해한다는 네모의 그 말이 나에겐 너무나 충격적이었다.

4.
세상 − 나 = 세상 + 나

    이사 후에 엄마는 아예 연락이 두절됐고, 아빠도 다행히 찾아오지 않았다.

    잠자는 것을 좋아했고, 잘 잤고, 기본 12시간 이상은 잘 수 있었던 내가… 점점 달라지기 시작했다.

    처음엔 집에 적응을 하지 못해서 잠을 못 자는 줄 알았다. 새벽에 세상 모든 소리가 다 들렸고, 밖에서 들리는 작은 소리도 마치 내 귀에 스피커를 달아 놓은 것마냥 크게 들렸으며 정신이 또렷했다. 잠을 푹 자지 못하는 날이 늘어만 갔다. 이제 겨우 편하게 살 수 있는 거 아닌가? 왜 이러지? 12시간 이상을 자고, 낮잠도 자고, 또 잠을 자더라도 항상 평온하게만 자던 나였는데…. 점점 예민해져 갔다.

    처음 보는 사람들이 날 보면 너무 유쾌하고, 재미있다고 한다.

    낯을 많이 가리지 않고, 처음 보는 사람들에게 호응 유도와

대화도 편하게 할 수 있다. 모임에 나가선 우스꽝스러운 캐릭터를 자처하고, 술을 안 마셔도 분위기를 잘 띄울 수 있다.

이런 내가 우울증이 있고, 공황 장애가 있다고 하면 대부분 화들짝 놀란다. 하긴… 나도 우울증이 왜 걸리는지 이해 못 했고, 내가 우울증에 걸릴 줄은 정말 몰랐다. 잠을 못 자는 날들이 너무 많이 늘어 갔고, 내 자신이 미워지기 시작했다. 이렇게까지 버텨서 뭘 위해서 살아야 하나. 항상 내 1순위였던 엄마가 한순간에 사라졌고, 아빠는 내가 내쫓았지만 우린 버려졌고, 세모 때문에 영원할 줄 알았던 그 행복이 깨져 버렸고, 네모는 아직도 술을 마시며 술주정을 한다. 제발 정신 차리라고 해도 나아지지 않는 네모가 너무 이해가 가지 않았다. 언젠간 네모가 제정신일 때 이렇게 말한 적이 있다. 난 너의 부모가 아니기 때문에 널 책임지지 않는다. 너도 이제 성인이기 때문에 적어도 누나인 나랑 있을 때 정신 차리고 일을 하고, 버텼으면 좋겠다고 말했다. 네모가 방황하는 시간은 너무 길었다. 아무 소리도 하지 않고 음식을 주말마다 사 나르며 지켜봤다. 그러다가… 내가 너무 지쳤나 보다.

  나 자신을 챙긴 적이 없었다.

  백 번을 울고, 그쳐도 난 날 위한 적이 없었다.

4. 세상 - 나 = 세상 + 나

돈을 벌면서부터 엄마를 위해 살았고, 엄마가 아닐 땐 네 모를 챙기며 살았다. 내 삶에 나는 없었다.

항상 나는 괜찮다고 해도 그건 괜찮은 게 아니었다. 그건 내 통장 잔고가 괜찮았던 거다. 이걸 깨닫기까지 정말 오래 걸렸다. 내 삶에 내가 주인이 아니었다니…. 그러다 보니 무너지기 십상이었다. 겉으로 강한 척하고, 회사에선 바보처럼 웃었다. 내가 내 감정을 속이고 날 속였다. 거울 보는 것마저 싫어졌다. 내 자신이 못생겼고, 너무 싫었다. 거울 속 내 자신과 눈을 마주치지 못했다. 내가 나를 부정하기 시작한다. 지지리 복도 없는 년. 이렇게 사는 게 맞는 거니? 왜 남들처럼 행복하게 살지 못하니? 대체 뭘 어떻게 해야 할지 답을 찾지 못해 회사에서도 정신을 놓고 소리 지르며 울어버렸다. 정신 의학과 선생님이 처음 본 날, 날 보며 말했다.

"어떻게 지내셨어요?"

나는 그 말에… 그냥 펑펑 울었다. 저런 말을 건네준 게 너무 고마워서, 날 위해 준 거 같아서 그랬던 것 같다. 우울증 검사를 시작하고, 정신 의학과에 한 달간 입원을 하고 돌봄을 받았다. 입원 도중도중 공황으로 인해서 쓰러졌고, 주사를 맞고, 진정하고, 삼시 세끼를 챙겨 받아먹었고, 큰 병원을 산책하듯 왔다 갔다 하며 사람 구경도 꽤 많이 했다.

병원이라 그런가 사랑 받고 있는 사람들이 많다는 걸 많이 느꼈다. 가족을 걱정하는 사람, 그 사람이 빨리 낫길 바라는 사람, 너무 아끼는 눈빛으로 가족을 바라보는 사람들….

회사에 병가를 내고 쉬는 동안 나를 위해서 살아 보는 법을 찾아보며 나를 돌보기 시작했다.

그러나 그렇게 호락호락한 게 삶이 아니지.

2016년 3월 회사 건강 검진을 하다가 자궁 근종 5.6cm를 발견하고 5월에 복강경을 하려다 유착이 심해 개복 수술을 했다. 이때 복강경을 한다고 해서 입원도 다인실로, 모든 일정도 단기간으로 신청했는데 개복 수술을 하고 나니 몸을 움직일 수가 없었다. 예정된 수술 시간이 지나도 나오지 않자 너무 놀라 하며 곁을 지켜 주셨던 애경 선배님!

내 옆 작은 보호자 침대에서 혼자인 날 돌봐 준다고 곁에 있어 준 선화 선배님. 정말 피오줌 통도 갈아 주고, 곁에서 가족이 해 줘야 하는 모든 것을 괜찮다고, 신경 쓰지 말라고, 가만히 누워 있으라며 날 챙겨 준 고마운 선배님. 난 둘째 치고 날 위해서 새벽에도 잠 푹 못 자는 선배님을 위해 바로 다음 날 1인실로 바꿨다. 많이 넓어진 환경, 1인실 안에는 화장실도 딸려 있고, 보호자 침대도 환자 침대처럼 아주 크고, TV도, 에어컨도 있고, 누가 왔다 가도 옆 사람 신경 안 써도 되고 너무 좋았다. 그렇게 이틀 연속 집에도 못 가고 개복한 후배 수발들어 준 선화 선배님, 제 은인입니다.

  이후로 많은 회사 사람들이 찾아와 날 돌봐 주고, 챙겨 주고, 지켜 줬다. 화장실 잘 못 갈 거라며 장 유산균 잔뜩, 빨리 나으라며 손질된 과일도 잔뜩…! 개복으로 인해 길어진 입원 기간 동안 무섭지 않게 보내며 되레 행복했다. 내가 돌봄 받고 있었다.

  2021년 3월에도 회사 건강 검진을 하다가 난소 낭종 양측 각각 12cm, 7cm가 발견되어 대학 병원에서 로봇 수술을 이용한 복강경 수술을 했다. 이때는 5년 전하고는 다르게 코로나가 유행 중이라… 아무도 와 줄 수가 없었다. 나 홀로 버텨야 했다. 가족이 없는 나는 이때도 시간이 되는 지인에게 수술 중에만 곁에 있어 달라고 부탁했다.

  이런 내 처지가 너무 슬펐지만 우선 수술은 해야 했기에 서러운 건 나중으로 넘겼다. 우선은 내 몸에 있는 이것 먼저 없애자!! 이게 먼저다!! 마취가 점차 깨고, 같이 있어 준 지인에게 너무 고맙다고 감사 인사를 청하고, 당신 바쁘니어서 가라고 보냈다. 그 이후 6인실 안에서도 코로나 때문에 침대에 커튼을 쳐 둬서 홀로 갇혀 있는 거 같은 느낌이들 때… 난 그냥 울었다. 그냥 눈물이 나왔다. 내 배엔 핏자국들이 남아 있었고 난 그걸 닦을 힘도, 누군가도 없었다. 이건 시국 때문에 이러니 내 자신을 탓하지 말자고 마음을 먹었다. 그래도 수많은 사람들이 날 걱정하며 연락해 주었다.

그리고 같이 있던 1년 동안 내 정신 세계에 삶은 이렇게 사는 거라고 인생 향수를 뿌려 주신 김수정 부장님! 누군가 발령날 때 그렇게 펑펑 울어 본 적은 정말 처음이었습니다.

너무나 고맙고 사랑하는 내 사람들….

힘들 땐 다 포기하고 놓아 버리고 싶었던 때도 있었는데 내가 아직도 이 회사를 그만두지 못하는 건 그 안의 사람들이 너무나 소중하고 감사하기 때문이다. 고등학교를 졸업하고 바로 입사한 회사를 지금 17년 차 계속 다니고 있다. 내가 사랑하는 이 사람들이 계속 있는 이상 나도 계속 다닐 예정이다. 그게 20년이든, 30년이든…. 이렇게 고마운 내 주위 사람들을 챙겨 줄 수 있는 내가 너무 멋지다. 갚고 또 갚을 것이다. 내 소중한 사람들에게… 내가 할 수 있는 한…!!

예전에 신점을 보러 갔을 때 들은 말이 있다.

"동그라미 씨가 아무리 가족을 모으려고 해도 안 될 거예요. 결국엔 다 찢어지고 흩어질 거예요. 그리고 그게 맞는 거예요."

지금은 네모도 따로 나가 살고, 나 혼자 살고 있다.

그런데 그 전에 겪어 보지 못한 편안함과 자유 속에서 살아가고 있다. 8년째 저녁에 정신과 약을 먹지 못하면 잠들지 못하는 나지만, 난 지금의 내가 너무 좋다. 난소 낭종 수술로 인해서 비잔정을 먹고, 생리를 하지 않고, 살이 이전보다 너무 많이 쪘지만 오동통한 이 몸의 내가 너무 귀엽다.

첫 입사 시에 허리가 21인치에, 키가 171cm, 몸무게가 53kg으로 빼짝 말라도 봤다.

지금은 노코멘트이지만 주위 사람들의 사랑과 돌봄으로 난 내가 너무 자랑스럽고 좋다.

난 당신에게 연민, 동정을 바라지 않는다.

어렸을 적 요쿠르트보다 앙팡을 좋아했었고, 내 하늘은 오로지 부모였고 나도 당신과 같은 사람일 뿐이다. 커 가는 과정은 남들과 약간 달랐지만, 이제야 평범하게 살아가려 노력하는 나의 이야기를 들려주고 싶었을 뿐이었다.

난 천륜이라는 단어가 싫다.

난 모녀라는 단어가 좋다.

난 비혼주의자이다.

난… 지금의 이 글을 쓸 수 있는 내가 너무 좋다.